刘庆邦

乡愁文丛　王剑冰　主编

在夜晚的麦田里独行

刘庆邦　著

中原出版传媒集团
大地传媒

大象出版社
·郑州·

图书在版编目(CIP)数据

在夜晚的麦田里独行 / 刘庆邦著.— 郑州 : 大象出版社, 2017. 5
(乡愁文丛 / 王剑冰主编)
ISBN 978-7-5347-9232-8

Ⅰ. ①在… Ⅱ. ①刘… Ⅲ. ①散文集—中国—当代
Ⅳ. ①I267

中国版本图书馆 CIP 数据核字(2017)第 073146 号

乡愁文丛
王剑冰 主编
在夜晚的麦田里独行
刘庆邦 著

出 版 人 王刘纯
策　　划 王刘纯
责任编辑 杨 兰
责任校对 安德华 马 宁
装帧设计 王莉娟

出版发行 大象出版社(郑州市开元路 16 号 邮政编码 450044)
发行科 0371-63863551 总编室 0371-65597936
网　　址 www.daxiang.cn
印　　刷 北京汇林印务有限公司
经　　销 各地新华书店经销
开　　本 787mm×1092mm 1/16
印　　张 15.25
字　　数 149 千字
版　　次 2017 年 5 月第 1 版 2017 年 5 月第 1 次印刷
定　　价 32.00 元

若发现印、装质量问题,影响阅读,请与承印厂联系调换。
印厂地址 北京市大兴区黄村镇南六环磁各庄立交桥南 200 米(中轴路东侧)
邮政编码 102600 电话 010-61264834

找得到灵魂家园，记得住美丽乡愁

——“乡愁文丛”总序

王剑冰

我们强调保护中国的传统文化，而传统文化当中就有乡愁。乡愁是中国人热爱家乡、牵念故里的独特情结，是一种美好自然的文化观念。社会越是变化、越是浮躁，这种情结就越显珍贵。乡愁也是一种寻根意识，记住乡愁，记住美好的童年，记住美好的向往，也便是铭记我们的根本。

我们每个人都是故乡的一片叶子，这片叶子无论飘落多远，都无法摆脱大树对于叶子的意义。一个人的身上总有着故乡的脉络，流着故乡的血，带着永远不可改变的DNA。一个个的人也可以说是一个个村子的化身，他们走出去，分散得到处都是，却不会把村子走失。

说起乡愁，那是一种与生俱在的情怀，住在心中的故乡常常鲜活在那里。故乡是安放你的灵魂、温暖你的寂冷的地方，是接纳你的疲惫、抚慰你的忧伤的地方。翻开一页页被繁忙弄乱的过往，记忆中的余香总在儿时的故乡。那里有我们最亲密的玩伴、最爱吃的食物、最漂亮的衣衫、最天真的憧憬。而芬芳入梦的，多是亲人亲切的面容与温馨的相聚场面。那些亲人或已故去，或还在乡里。现在多数人对故乡的感觉同对年节的感觉一样，那种热闹团圆、香气弥漫的味道是乡情中最重要的部分。“每逢佳节倍思亲”，所以归乡最多的时刻是年节，带着满满的怀想、满满的辛苦，万水千山相携于途，构成最为壮阔的乡愁景观。古往今来，人们因为各种缘由漂泊在外，但总是要找机会赶回故里。金圣叹曾列举“不亦快哉”之事，其一即是“久客得归，望见郭门，两岸童妇，皆作故乡之声”。然而他们的欢喜中又带着那种“近乡情更怯，不敢问来人”的复杂心理。漫长的时光已然流逝，乡愁的话题始终没有停息，情怀早已渗透于诗歌典章，直至后来，还有余光中、三毛、席慕蓉不约而同地同题《乡愁》。

诚然，远在故乡之外的游子，生发的多为眷念之情，即使老杜有“漫卷诗书喜欲狂”“便下襄阳向洛阳”的返乡之举，回到家乡也还是要再出去，因“莼鲈之思”而辞官归返的张季鹰毕竟是少数。还有，余光中的《乡愁》或代表了一些人对于故乡的认知，那就是故乡即是母亲（或双亲）的代名，对于故乡的怀念即是对于母亲的怀念，回故乡即是为了看母亲，母亲不在了，故乡的概念便模糊起来。随着生活的变化，有人也不可避免地遇到了回乡的矛盾，记忆与现实发生了冲突，那种期待值与仪式感渐渐折损，许多美好已然变成了永久的追忆。所以有人会说：“我是真的爱家乡，不过爱的可能是记忆里的家乡。”确实，没有一成不变的事物，这是时间所带来的不可逆转的事实。然而不可逆转的还有那份强烈的牵绊，永恒的顾念并未因此而中辍，情感的执拗还是同那些疏离与怨怼扯断了关联。生生不息地以文字表达出来的乡愁，也成为中国文学中一个特有的传统。

作家们大都已离开生养自己的故土，但我们却能看出那种深深的乡愁情结，这其中有写生养自己的故乡的，也有写生活过的第二、第三故乡的，还有赞美如故知的他乡的。文丛中，地域山水皆有代表，民俗风情各具特色，多方位地展现出人与历史、人与环境的关系，彰显对亲人故土的真挚情怀以及对世态人生的深切感慨，给我们带来亲近，带来回味，带来启迪，让我们感受到温馨而深挚、苍郁而辽阔的文字力量。

我们说，在意乡俗年节，提倡尊崇温情，爱护碧水蓝天，留住美好记忆，是和谐社会建设的内容之一，也是复兴民族文化的核心之一。这样会把我们赖以生存的环境保护和建设得愈加贴近期待与理想，也会使我们愈加容易找得到灵魂家园、记得住美丽乡愁。大象出版社倾心打造这样一套阵容壮观的“乡愁文丛”，就是带有这样的初衷。该文丛是具有欣赏性、研究性、珍藏性的文学工程，也是一种文化的记忆与期望。“故乡今夜思千里，霜鬓明朝又一年。”随着时间的挥手远去，这种记忆与期望会愈加显现出它的意义。

2017 年初春

目 录

第二辑 亲情

第一辑 乡情

告别泥涂

我老家的泥巴被称为黄胶泥，是很厉害的。雨水一浸淫，泥巴里所包含的胶黏性就散发出来，变成一种死缠烂打的纠缠性和构陷性力量。脚一踩下去，你刚觉得很松软，好嘛还没说出口，稀泥很快就自下而上漫上来，并包上来，先漫过鞋底，再漫过脚面，继而把整个脚都包住了。这时候，你的脚想自拔颇有些难度，可以说每走一步都需要和泥巴搏斗。或者说你每拔一次腿，都如同在费力地与泥巴拔一次河，拔呀，拔呀，直到把你折腾得筋疲力尽，被无尽的泥涂吸住腿为止。

以致当地有一个说法，谁做事不凭良心，就罚他到某某某地踳泥巴去。很不幸，某某某地指的就是我的老家。注意，我这里说的不是踏泥巴，也不是踩泥巴，而是按我们老家的说法，写成了踳泥巴。如果用踏，或用踩，都不尽意，也不够味儿，泥巴都处在被动的地位。只有写成踳字，让人联想到插或者馇，才有那么点儿意思。

对老家泥巴的厉害，我有着太多的体会。在老家上学时，每逢阴天下雨，我就不穿鞋了，把一双布鞋提在手里，光脚踏着泥巴去，再光脚踏着泥巴回。为什么不穿鞋呢？因为浅口的布鞋在泥巴窝里根本穿不住，你一踏泥巴，泥巴只放走你的脚，却把你的鞋留下了。再说了，母亲千针万线好不容易才能做出一双鞋，谁舍得把鞋在烂泥里糟蹋呢！光脚踏泥巴，也有不好的地方，那就是容易滑倒，一不小心，就会滑得劈一个叉，或趴在泥水里，把自己弄成一头泥巴猪。另外，脚上和小腿上的泥巴糊子，到达目的地后须及时清洗掉，万不可让太阳晒干，或自己暖干。因为我们那里的泥巴很肥，肥得含有一些毒素，如果等它干在皮肤上的话，毒素渗进皮肤里，皮肤就会起泡，流黄水儿，那就糟糕了。

有一年秋天，我请探亲假从北京回老家看望母亲，赶上了连阴天。秋雨一阵紧似一阵，连扯在院子里树上晾衣服的铁条似乎都被连绵的雨水浸透了，在一串一串往下滴水。泥土经过浸泡，大面积深度泛起，使院子和村街都变得像刚犁过的水稻田一样。我穿上母亲给我借来的深筒胶靴，到大门口往街上看了看，村街上一个人都没有，只有几只麻鸭在水洼子里伸着扁嘴秃噜。它们大概把村街当成了河。我打伞走到村后，隔着护村坑向村外望了望，只见白水漫漫，早已是泥淤路断。就这样，眼看假期就要到了，我却被生生困在家里。无奈之际，我只能躺在床上睡觉。空气湿漉漉的，房顶的灰尘和泥土也在下落。我睡一觉醒来，觉得脸皮怎么变得有些厚呢，怎么有些糨得慌呢，伸手一摸，原来脸上粘了一层泥。

那么，把路修一修不好吗？我们修不了天，总可以修一下地吧！修路当然可以，可地里除了土，就是泥，把地里的泥土挖出来铺在路上，除了下雨后使路上的泥巴更厚些，还能有什么好呢！您说可以用砖头铺路？这样说就是不了解情况了。拿我们村来说，若干年前，差不多每家的房子都是土坯垒墙，麦草苫顶，家里穷得连支鏊子的砖头都没有，哪有砖头往泥巴路上铺呢！虽说砖头是用黏土烧成的，但它毕竟经过了火烧火炼，其性质已经改变，变成了短时间内沤不烂的东西。人们看到一块砖头头儿，都像看见元宝一样赶快捡起来，悄悄带回家。让他把“元宝”拿出来，垫在路上，他哪里舍得呢！

这样说来，我们那里的人活该踏泥巴吗？祖祖辈辈活该在泥巴窝里讨生活吗？机会来了，机会终于来了！今年清明节前夕，我回老家为母亲上坟烧纸时，听说我们那里要修路，不但村外要修路，水泥路还要修到村子里头。这里顺便说一句：我那当过县劳动模范的母亲去世已经 11 年了，11 年间我每年至少回老家两次，清明节前回去扫墓，农历十月初一之后回去为母亲“送寒衣”。每次回老家之前，我都要先给大姐或二姐打个电话，询问一下天气情况。老家若是阴天下雨，我就不敢回去，要等到天放晴，路面硬一些了，我才确定回去的日期。要是修了路就好了，我再回老家就可以做到风雨无阻。

2014 年 12 月 4 日，也就是农历马年十月十三，我再次回到老家时，见我们那里的路已经修好了。抚今追昔，我难免有些感慨，对村支书说，日后刘楼村要写村史的话，修路的事一定要写上一笔。据族谱记载，我们的村庄在明代中后期就有了，已经有四五百年的历史。几百年间，村庄被大水淹没过，被大火烧毁过，被土匪践踏过，虽历经磨难，总算还是存在着，没有消失。与此同时，风雨一来 ，泥泞遍地，一代又一代人，只能在泥泞中苦苦挣扎。可以肯定地说，哪一代人都有修路的愿望，做梦都希望能把泥涂变成坦途。然而，只有到了这个时代，只有到了今天，这个梦想才终于实现了。从这个意义上讲，我们老家修路是五百年一遇，也是五百年一修。

村支书特地领着我在修好的路上走了一圈儿。路修得相当不错，路基厚墩墩的，平展的水泥路面在冬日的阳光下闪着白光。水泥路不仅修到了我们家的家门口，村后的护村坑里侧也修了一条可以行车的路。如果家人驾车回家的话，小车可以直接开到家门口，还可以开到村后，通过别的村街，再绕回来。

我的乡亲们再也不用担心在阴雨天踏泥巴了。不难想象，雨下得越大，我们的路就越洁净，越宽广，越漂亮！

2014 年 12 月 7 日于北京和平里

绿色的冬天

人们以色彩为四季命名，一般来说，会把春天说成红色，夏天说成绿色，秋天说成黄色或金色，冬天说成白色。这样的说法，强调的是每个季节的主色调。红色，大约指的是春来时盛开的花朵；绿色，当然是指夏季里铺天盖地浓郁得化不开的绿；黄色，是用来描绘稻谷般成熟的颜色，秋天当仁不让；而冬天主要是雪当家，当大雪覆盖一切时，把冬天说成白色的冬天，也是有道理的。

的确，在四季分明的我国北方，随着入冬后的冷空气一波接一波袭来，黄叶纷纷落下，只剩下光秃秃的树枝。田里的庄稼收去了，褐色的土地裸露出来。也有一些未及时砍掉的玉米秸秆，在寒风中哆嗦，显得有些破败。河塘里结了冰，原本开放活泼的水面成了封闭僵化的状态。大概是热胀冷缩的原因，在冰天雪地里行走的人们，也收着肩，缩着脖儿，似乎一下子矮了不少。人们习惯用一个词形容冬天的气氛，那就是肃杀。词也是有力量的，有杀伤力的，它加重的是冬天的肃杀气氛。一提到肃杀二字，人们几乎不由得打一个寒噤。

那么，幅员辽阔的我国有没有绿色的冬天呢？有的，肯定有的。我今天要说的就是绿色的冬天。有朋友会说，别说了，我知道，你要说的不是海南、云南，就是广东、广西。不是的，我要说的是我的故乡，地处我国腹地的豫东大平原。

绿色来自哪里？来自豫东平原大面积播种的冬小麦。

豫东平原是我国小麦的主产区之一，据说中国人所吃的三个白面馒头当中，就有一个馒头是用豫东出产的小麦磨成的面粉做成的。我老家在豫东东南部的沈丘县，靠近安徽。我们那里一年种两季粮食，夏季种杂粮，秋季种小麦。杂粮收获之后，乡亲们几乎不给土地以喘气的机会，把土地稍事整理，很快就种上了小麦。不管是哪一块地，也不管那块地上一季种的是玉米、大豆、谷子、红薯等五花八门的杂粮，杂粮一经归仓，接下来播种的粮食整齐划一，必定是小麦。站在河堤上放眼望去，东边是麦地，西边是麦地，南边是麦地，北边也是麦地，一望无际的大平原，到处都是麦地。换一个说法，无所不在的麦绿与你紧紧相随，任你左冲右突，怎么也摆脱不了绿色的包围和抬举。哦，好啊好啊，我想放声歌唱，我眼里涌满了泪水。

我当过农民，种过小麦，对小麦的生长过程是熟悉的。小麦刚刚钻出来的嫩芽细细的，呈鹅黄色，如一根根直立的麦芒。麦芽锋芒初试的表现是“枪”挑露珠。早上到麦地里看，只见每一根麦芽的顶端都高挑着一颗露珠。露珠是晶莹的，硕大的，似乎随时会轰然坠地。可枪刺一样的麦芽把露珠穿得牢牢的，只许露珠在上面跳舞，不许它掉下来。露珠的集体表演使整个麦田变得白汪汪的，如静远的湖泊。

过不了几天，麦芽便轻舒腰身，伸展开来，由麦芽变成了麦苗，也由鹅黄色变成了绿色。初绿的麦苗并没有马上铺满整个麦田，一垄垄笔直的麦苗恰如画在大地上的绿色的格线，格线与格线之间留下一些空格，也就是褐色的土地。这时节还没有入冬，还是十月小阳春的天气。麦苗像是抓紧时机，根往深处扎，叶往宽里长，很快就把空格写满了。麦苗的书写只有一种颜色，那就是绿，横看竖看都是绿，绿得连天接地，一塌糊涂。我不想用绿色的地毯形容故乡麦苗的绿，因为地毯没有根，不接地气。而麦苗的绿根源很深，与大地的呼吸息息相通。我也不想用草原的绿形容麦苗的绿，草原的绿掺杂有一些别的东西，绿得良莠不齐。而大面积麦苗的绿，是彻头彻尾的绿，纯粹的绿，绿得连一点儿杂色都没有。

麦苗最大的特点是能够抵抗严寒，霜刀雪剑都奈何它不得。霜降之后，挂在麦苗上的不再是露珠，变成了霜花。霜花凝固在麦叶上，或像给麦苗搽了粉，或如为麦苗戴了冰花。粉是颗粒状，搽得不太均匀。冰花的花样很多，有的是六瓣，有的是八角，把麦苗装扮得冰清玉洁。太阳一出来，阳光一照，白色的霜花很快消失，麦苗又恢复了碧绿的面貌。寒霜的袭击不但不能使麦苗变蔫，反而使其意气风发，显得更有精神。对麦苗形成持久考验的是冬天的雪。大雪扑扑闪闪地下来了，劈头盖脸地向满地的麦苗扑去。积雪盖住了麦苗的脚面，掩到了麦苗的脖子，接着把麦苗的头顶也埋住了。这时绿色看不见了，无边的绿被无垠的白所取代。麦苗怎么办？面对压顶的大雪，麦苗并不感到压抑，它们互相挽起了手臂，仿佛在欢呼：下吧下吧，好暖和，好舒服！积雪不可能把麦苗覆盖得那么严实，在雪地的边缘，会透露出丝丝绿意，如白玉中的翠。事实与麦苗的感受是一样的，大雪不但构不成对麦苗的威胁，反而使麦苗得到恩惠，每一场雪化之后，麦苗都会绿得更加深沉，更加厚实。除了麦苗，在冬天能抵抗严寒、保持绿色的，还有油菜、蚕豆、蒜苗、菠菜和一些野菜。

我多次在秋后和冬天回老家。从北向南走，渐行渐暖，渐行渐绿。等回到老家，就等于走进了绿色的海洋。每天一大早，我都会沿着田间小路，到麦田里走一走。绿色扑面而来，仿佛连空气都变成了绿色。大概人的生命与绿色有着某种天然的联系，我看绿色的麦苗，老也看不够。我照了一些照片，有远景，有特写，整个画面都是感天动地的绿。

一轮又圆又大的红日从东边升起来了。红日跃上河堤，越过树的枝丫，映得半边天似乎都变成了红的。从自然的生态来说，绿和红总是相伴相生，相辅相成，绿孕育了红，红又点缀了绿。我一时产生了错觉，以为自己是走在了春天里。

2013 年 12 月 27 日于北京和平里

野生鱼

我老家那地方河塘很多，到处都是明水。河是长的，河水从远方流过来，又向远方流过去。塘的形态不规则，或圆或方。塘里的水像镜面一样，只反光，不流动。有水就有鱼，这话是确切的，或者说曾经是确切的。至少在我还是一个少年的时候，我们那里的水里有鱼。那些鱼不是放养的，都是野生野长的野鱼。野生鱼也叫杂鱼，种类繁多，难以胜数。占比率较多的，我记得有鲫鱼、鲇鱼、黑鱼、鳜鱼、嘎牙子、窜条，还有泥鳅、蚂虾、螃蟹、黄鳝等。既然是野生鱼，它们就没有主家。野草谁都可以薅，野兔谁都可以逮，野生鱼呢，谁都可以钓，可以摸。

下过一两场春雨，地气上升，塘水泛白。我便找出钓竿，挖些红色的蚯蚓，到水边去钓鱼。我的钓竿是一根木棍，粗糙得很，说不上有什么弹性，但这丝毫不影响我对钓鱼的兴致，我在春水边一蹲就是半天。芦芽从水里钻出来了，刚钻出水面的芦芽是紫红色，倒影是黑灰色。岸边的杏花映进水里，水里一片白色的模糊。有鱼碰到芦芽了，或是在啄吃附着在芦芽上的小蛤蜊，使芦芽摇出一圈圈涟漪。涟漪在不断扩大，以至于水波击到了我的鱼漂。鱼漂是用蒜白做成的，灵敏度很高，稍有动静就颤动不已。这时我不会提竿，有前来捣乱的蜻蜓落在钓竿的竿头，我仍然不会提竿，我要等鱼漂真正动起来。经验告诉我，钓鱼主要的诀窍就是一个字，那就是等。除了等，还是等。你只要有耐心，善于等，水底的鱼总会游过来，总会经不住诱饵的诱惑，尝试着吃钩。不是吹牛，每次去钓鱼，没多有少，我从没有空过手。当我把一个银块儿一样的鱼儿提出水面的一刹那，鱼儿摆着尾巴，弯着身子，在使劲儿挣扎。鱼儿挣扎的力道通过渔线传到钓竿上，通过钓竿传到我手上，再传到我心里，仿佛一头是鱼儿，一头是心脏，鱼儿在跳，我的心比鱼儿跳得还快，那种激动的心情实在难以言表。

钓鱼上瘾，夏天我也钓鱼。一个炎热的午后，知了在叫，村里的大人们在午睡，我独自一人，悄悄去村东的一个水塘钓鱼。那个水塘周围长满了芦苇，芦苇很高，也很茂密，把整个水塘都遮住了，从外面看，只见苇林，不见水塘。我分开芦苇，走到塘边，往水里一看，简直高兴坏了。一群鲫鱼板子，大约有几十条，集体浮在水的表面，几乎露出了青色的脊背，正旁若无人地游来游去。这种情况，被大人说成是鱼晒鳞。对不起了，可爱的鲫鱼们，趁你们出来晒鳞，我要钓你们。我把鱼漂摘下来，把包有鱼饵的渔钩直接放到了鱼面前。鲫鱼倒是不客气，我清楚地看见，一条鲫鱼一张嘴就把渔钩吃进嘴里。我眼疾手快，手腕一抖，往上一提，就把一条大鲫鱼板子钓了上来。当我把一条鲫鱼从鱼的队伍里钓出来时，别的鱼都有些出乎意料似的，一哄而散，很快潜入水底。不过鲫鱼的智力还是有问题，我刚把渔钩从鲫鱼嘴上取下来，那些鲫鱼复又聚拢在一起，浮上来，继续款款游动。我如法炮制，很快又把一条鲫鱼钓了上来。那天中午，我钓到了十几条又白又肥的鲫鱼。

除了钓鱼，我还会摸鱼。摸鱼是盲目的，等于瞎摸。是呀，我把身子缩在水里，水淹到嘴巴下面，留着嘴巴换气，水里什么东西都看不见，全凭两只手在水里摸来摸去，不是瞎摸是什么！再说，水是鱼的自由世界，人家在水里游来游去，身手非常敏捷。而人的手指头远远赶不上鱼游的速度，要摸到鱼谈何容易！哎，您别说，只要我下水摸鱼，总会有倒霉的鱼栽到我手里。

我在村里小学上二年级的时候，一天下午，老师带我们到河堤上去摘蓖麻。蓖麻是我们春天种的，到了夏末和秋天，一串串蓖麻成熟了，就可以采摘。那天天气比较热，摘了一阵蓖麻后，老师允许我们男生下到河里洗个澡。男孩子洗澡从来不好好洗，一下水就乱扑腾一气。正扑腾着，一个男生一弯腰就抓到了一条鲫鱼。那条鲫鱼是金黄色的，肚子一侧走着一条像是带荧光的银线，煞是漂亮。男生一甩手，把鲫鱼抛到了岸边。鲫鱼跳了几个高，就不跳了，躺在那里喘气。见一个男生抓到了鱼，我们都开始摸起鱼来。河里的野生鱼太多了，不是我们要摸鱼，像是鱼主动地在摸我们。有的调皮的小鱼甚至连连啄我们的腿，仿佛一边啄一边说：来吧，摸我吧，看你能不能摸到我！有的男生不大会摸鱼，他们的办法，是扑在水浅的岸边，用肚皮一下一下往岸上激水。水被激到岸上，水草里藏着的鱼也被激到了岸上。水像退潮一样退了下来，光着身子的鱼却留在了岸上，他们上去就把鱼摁住了。那次我们在水里扑腾了不到半小时，每人都摸到了好几条鱼。我摸到了鲫鱼、鳜鱼，还摸到了一条比较棘手的嘎牙子。嘎牙子背上和身体两侧生有利刺，在水中，它的利刺是抿着的，一旦捉到它，把它拿出水面，它的利刺就会迅速打开，露出锋芒，稍有不慎，手就会被利刺扎伤。有人摸到嘎牙子，为避免被利刺扎伤，就把它放掉了。我摸到嘎牙子就不撒手，连同裹在嘎牙子身上的水草一块儿拿出水面，抛在岸上。嘎牙子张开利刺，吱吱叫着，很不情愿的样子，但已经晚了。

现在我们那里没有野生鱼了，河里塘里都没有了。有一段时间，小造纸厂排出的污水把河水塘水都染成了酱黑色，野生鱼像受到化学武器袭击一样，统统都被毒死了，连子子孙孙都被毒死了。我回老家看过，我小时候钓过鱼的水塘，黑乎乎的水里扔着垃圾，沤得冒着气泡。气泡炸开，散发的都是难闻的毒气。这样的水别说野生鱼无法生存，连水草和生命力极强的芦苇都不长了，岸边变得光秃秃的。

不光是野生鱼，连一些野生鸟和野生的昆虫，都变得难以寻觅。以前，我们那里的黄鹂子和赤眉鸟是很多的，如今再也见不到它们的踪影，再也听不到它们的歌声。蚂蚱也是，过去野地里的各色蚂蚱有几十种，构成了庞大的蚂蚱家族。农药的普遍使用，使蚂蚱遭到了灭顶之灾。

我想，也许有一天，连被我们称为害虫的蚊子、蟑螂等也没有了，地球上只剩下我们人类。到那时候，恐怕离人类的灭亡就不远了。

2013 年 10 月 6 日至 7 日于北京和平里

打麦场的夜晚

别看我离开农村几十年了，每到初夏麦收时节，我似乎都能从徐徐吹来的南风里闻到麦子成熟的气息。特别是最近几年，我在北京城里还听到了布谷鸟的叫声。布谷鸟季节性的鸣叫，没有口音上的差别，与我们老家被称为“麦秸垛垛”的布谷鸟的叫声是一样的。我想这些布谷鸟或许正是从我们老家河南日夜兼程飞过来的，它们仿佛在提醒我：麦子熟了，快下地收麦去吧，老坐在屋里发呆干什么！

今年芒种前，我真的找机会绕道回老家去了，在二姐家住了好几天。我没有参与收麦，只是在时隔四十多年后，再次看到了收麦的过程。比起人民公社时期社员们收麦，现在收麦简单多了：一种大型的联合收割机，在金黄的麦田里来来回回穿那么一会儿梭，一大块麦子眼看着就被收割机剃成了平地。二姐家有一块麦子是二亩多，我看了手表，只用半个钟头就收割完了。收割机一边行进，一边朝后喷吐被粉碎的麦秆，只把脱好的麦粒收在囊中。

待整块麦子收完了，收割机才停下来，通过上方的一个出口，把麦粒倾泻于铺在麦茬地里的塑料单子上。我抓起一把颗粒饱满的麦子闻了闻，新麦的清香即刻扑满我的肺腑。

收麦过程大大简化，劳动量大大减轻，这是农业机械化带来的好处，当然值得称道。回想当年我在生产队里参加收麦时，从造场，割麦，运麦，再到晒场，碾场，扬场，看场，直到垛住麦秸垛，差不多需要一个月的时间。且不说人们每天头顶炎炎烈日，忙得跟打仗一样，到了夜晚，男人们也纷纷走出家门，到打麦场里去睡。正是夜晚睡在打麦场的经历，给我留下了难忘的印象。

初中毕业回乡当农民期间，麦收一旦开始，我就不在家里睡了，天天晚上到打麦场里去看场。队长分派男劳力夜里在场院里看场，记工员会给看场的人记工分，每人每夜可得两分。只是看场的人不需要太多，每晚只轮流派三五个人就够了。我呢，不管队长派不派我，我都照样一夜不落地到场院去睡。我看重的不是工分，不是工分所代表的物质利益，而是有另外一些东西吸引着我，既吸引着我的腿，还吸引着我的心。一吃过晚饭，不知不觉间我就走到场院里去了。

夏天农村的晚饭，那是真正的晚饭，每天吃过晚饭，差不多到了十来点，天早就黑透了。我每天都是摸黑往场院里走。我家没席子可带，我也不带被子，只带一条粗布床单。场院在村外的村子南面，两面临水，一面连路，还有一面挨着庄稼地。场院是长方形的，面积差不多有一个足球场那么大，看上去十分开阔。一来到场院，我就脱掉鞋，把鞋提在手里，光着脚往场院中央走。此时的场院地面已打扫得干干净净，似乎连白天的热气也一扫而光，脚板踩上去凉凉的，感觉十分舒服。我给自己选定的睡觉的地方，是在临时堆成的麦秸垛旁边。我把碾扁的、变得光滑的麦秸往地上摊了摊，摊得有一张床那么大，把床单铺在麦秸上面。新麦秸是白色的，跟月光的颜色有一比。而我的床单是深色的，深色一把“月光”覆盖，表明这块地方已被我占住。

占好了睡觉的位置，我并没有急着马上躺下睡觉，还要到旁边的水塘里扑腾一阵，洗一个澡。白天在打麦场上忙了一天，浑身粘满了麦锈和碾碎的麦芒，毛毛躁躁，刺刺挠挠，清洗一下是必要的。我脱光身子，一下子扑进水里去了，双脚砰砰地打着水花，向对岸游去。白天，在烈日的烤晒下，上面一层塘水会变成热水。到了晚上，随着阳光的退场，塘水很快变凉。我不喜欢热水，喜欢凉水，夜晚的凉水带给我的是一种透心透肺的凉爽，还有一种莫测的神秘感。到水塘里洗澡的不止我一个，每个在场院里睡觉的男人几乎都会下水。有的人一下进水里，就兴奋得啊啊直叫，好像被女水鬼拉住了脚脖子一样。还有人以掌击水，打起水仗来。在我们下水之前，水面静静的，看上去是黑色的。天上的星星映在水里，它们东一个西一个，零零星星，谁都不挨谁。我们一下进水里就不一样了，星星被激荡得乱碰乱撞，有的变大，有的变长，仿佛伸手就能捞出一个两个。

洗完了澡，我四脚拉叉躺在铺了床单的麦秸上，即刻被新麦秸所特有的香气所包围。那种香气很难形容，它清清凉凉，又轰轰烈烈；它滑溜溜的，又毛茸茸的。它不是扑进肺腑里就完了，似乎每个汗毛孔里都充满着香气。它不是食物的香气，只是打场期间麦草散发的气息。但它的香气好像比任何食物的香气都更原始，更醇厚，也更具穿透力，让人沉醉其中，并深深保留在生命的记忆里。

还有夜晚吹拂在打麦场里的风。初夏昼夜的温差是明显的，如同水塘里的水，白天的风是热风，到夜晚就变成了凉风。风是看不见的，可场院旁边的玉米叶子会向我们报告风的消息。玉米是春玉米，长得已超过了一人高。宽展的叶子唰唰地响上一阵，我们一听就知道风来了。当徐徐的凉风掠过我刚洗过的身体时，我能感觉到我的汗毛在风中起伏摇曳，洋溢的是一种酥酥的快意。因打麦场无遮无拦，风行畅通无阻，细腿蚊子在我们身上很难站住脚。我要是睡在家里就不行了，因家里的环境几乎是封闭的，无风无息，很利于蚊子在夜间活动。善于团队作战的蚊子那是相当的猖獗，一到夜间就在人们耳边轮番呼啸，任你在自己脸上抽多少个巴掌都挡不住蚊子的进攻。我之所以愿意天天夜间到打麦场里去睡，除了为享受长风的吹拂，一个很大的原因，是为了躲避蚊子。

没有蚊子的骚扰，那就赶快睡觉吧，一觉睡到大天亮。然而，满天的星星又碰到我眼上了。是的，我仰面朝天而睡，星星像是纷纷往我眼上碰，那样子不像是我在看星星，而是星星在主动看我。星星的眼睛多得铺天盖地，谁都数不清。看着看着，我恍惚觉得自己的身体在往上升，升得离星星很近，很近，似乎一伸手就能把星星摘下一颗两颗。我刚要伸手，眨眼之间，星星却离我而去。有流星从夜空中划过，一条白色的轨迹瞬间消失。天边突然打了一个露水闪，闪过一道像是长满枝杈的电光。露水闪打来时，群星像是隐退了一会儿。电光刚消失，群星复聚拢而来。我不知道自己是什么时候睡着的，在睡梦里，脑子里仿佛装满了星星。

现在不用打场了，与打麦场相关的一切活动都没有了，人们再也不会在夜晚到打麦场里去睡。以前我对时过境迁这个词不是很理解，以为境只是一个地方，是物质性的东西。如今想来，境指的主要是心境，是精神性的东西。时间过去了，失去的心境很难再找回。

2016 年 6 月 24 日于北京小黄庄

麦秆儿戒指

新麦秆儿柔韧性好，用来编戒指最合适。取一根新麦秆儿，掐头去尾，只留中间那一段，几捏几编，一枚簇新的戒指就做成了。麦秆儿戒指不是银色的，是金色、白金色的。在阳光的照耀下，麦秆儿戒指闪烁着白金一样的光泽。以前，在麦收时节，我们那里的姑娘每人手上都会戴一到两枚麦秆儿戒指。任何金属和珠玉的戒指都不香，而戴在手指上的麦秆儿戒指放在鼻子上一闻，呀，还有一股子香气呢，那是新麦秆儿沁人肺腑的清香。

新麦秆儿除了可以做戒指，还可以做耳坠儿，制团扇，编草帽辫子。我大姐用新麦秆儿编草帽辫子最在行，七股麦莛儿在她手上绕来绕去，一根长长的草帽辫子就拖了下来。草帽辫子是缝草帽用的，当草帽辫子编够一大盘时，大姐便开始缝制草帽。我在老家当农民时，大姐每年都要给我缝制一顶新草帽。大姐用新麦莛儿做成的草帽形状好，帽檐宽，紧凑，结实，我风里雨里戴一个夏季，帽檐儿都不会下垂。

当然了，麦秆儿的用途还有很多。在生产队那会儿，麦秆儿大的用途主要有两项。一项是在烈日下把麦秆儿顶部的麦粒摔去，把扎成捆儿的麦秆儿分给社员苫房用。那时我们村几乎全是草房，苫房顶只能用麦秆儿。再一项是用石磙把麦秆儿碾碎，垛起来，常年给牲口做饲料。

您说烧锅？是的，拿麦秆儿当燃料烧锅也不错。可是，麦秆儿那么宝贵的东西，谁舍得拿它烧锅呢！那烧锅怎么办呢？人们只好拉起竹筢子，在割过麦子的地里一遍又一遍搂干枯的麦叶和草毛缨子。把地里搂得干干净净不算完，人们还用镰刀把浅浅的麦茬和埋在土里的麦根刨出来烧锅。我大姐、二姐每年麦季都要到地里刨麦茬、麦根。毒太阳在头顶烤着，地上的热气往上蒸着，她们满脸通红，汗湿鬓发，两只胳膊每年都要被晒得脱去一层皮。在那个时候，可以说人们对麦叶儿、麦秆儿、麦根都不愿意舍弃，真正做到了物尽其用。

谁也没有料到，一步一步走到现在，麦秆儿竟然成了无用的东西。现在人们犁地用拖拉机，耩地用播种机，收麦用联合收割机，再也不用黄牛了。既然乡亲们不再养牛，给牛作饲料的麦秸就省下了。现在人们扒掉了草屋，纷纷盖起砖瓦房和楼房，用麦秆儿苫房顶的历史像是一去不复返了。现在人们烧锅用柴也挑剔起来，他们嫌麦秆儿着得太快，得不停地往锅底续柴，发热量也不高。而用玉米秆儿、芝麻秆儿要省事好多，火力也大一些。还有的人家干脆什么柴火都不烧了，改成了烧煤，或者改用大肚子钢瓶盛的液化气。

小麦的单位面积产量大幅度提高了，麦秆儿也相应增加不少。小麦可以吃，可以卖钱，那么多麦秆儿派什么用场呢？有人就地取材，以麦秆儿做原料，办起了造纸厂。一时间，小造纸厂遍地开花，沿河两岸不远处就能看到一个造纸厂。那么多造纸厂可不得了，因造纸厂的污水都往河里排，坑里排，河里和坑里的水很快变成了黑的，恐怕跟酱油的颜色差不多。这样的黑水是有毒的，结果水里的鱼虾都被毒死了，连水边生命力很强的芦苇也不再发芽。直到吃水井里也渗进了被污染的水，人们才惊慌起来：人要吃粮食，还要喝水，如今有粮食吃了，水不能喝了也不行啊！

小造纸厂被一律关闭之后，收麦后剩下的麦秆儿人们不再往家里收拾了，他们放一把火，在原地把麦秆儿点燃了。因联合收割机排泄的碎麦秆儿遍地都是，地里遗留的麦茬也很深，点燃很容易，不管从哪个地角点起，陡起的火焰便如漫灌浇地的水头一般，很快在地里蔓延开来。你家放火，我家也放火，在收麦的那些天，可说是到处起火，遍地狼烟。到夜里再来看，明火无边无际，映红了天边，像传说中的火烧连营一样。浓烟滚滚带来的直接后果，不仅影响了路上行车，还侵入村庄，影响到人们的呼吸。人们一吸入辣喉咙的烟雾，便被呛得咳嗽起来。人们似乎这才意识到，人除了需要喝干净的水，还要呼吸干净的空气。

再收麦时，上边提前下了通知，不许在地里烧麦秆儿，谁烧就罚谁。可总得把地里的麦秆儿处理掉，才能腾出地来种秋庄稼。于是，人们就把麦秆儿堆在路边，或者扔进坑里和河坡里去了。秋季下大雨，河水涨起来。被河水漂起并顺流而下的麦秆儿不仅堵塞了桥孔，还充塞了河道，造成洪水漫溢，淹没了田地。人们不禁有些茫然，麦秆儿，曾经那么宝贵的东西，难道真的成了垃圾？难道真的变成灾难性的物质了吗？

至于用新麦秆儿做戒指，现在几乎成了一种传说，一种笑谈。我回老家问过一些小姑娘：你们会做麦秆儿戒指吗？小姑娘们你看我，我看你，都摇头说不会做。她们见过金戒指、银戒指，对于麦秆儿戒指，她们不但不会做，好像连见都没见过。这未免让我觉得有些遗憾。不管是用新麦秆儿做戒指，做耳坠儿，做团扇，还是编草帽辫子，都是一种手工艺术，都是一种传统的文化行为。它代表着人类与自然的亲密关系，传达的是人们的爱美之心。也就是说，用新麦秆儿做工艺品及其制作过程，不仅有着文化的意义，还有着美学和心灵上的意义。我们不能因为有了别的更丰富的物质，就放弃诸如用新麦秆儿做戒指这类美好的趣味。

2010 年元旦于北京和平里

发 疟 子

在我们老家，把患疟疾病说成发疟子。谁今天怎么没出工呢？他在家里发疟子哩！在我小时候的印象里，夏天和秋天，人发疟子是一种普遍现象。好比人人都免不了被无处不在的蚊子叮咬，每人每年也会发上一两次疟子。那时候，我们不知道发疟子是寄生在我们体内的疟原虫在作怪，也不知道发疟子是由蚊子传染引起的，就说是“鬼附体”造成的。那种鬼的名字叫疟子鬼。人对鬼历来无可奈何，一旦被疟子鬼看上，大部分人只能干熬着。熬上七八天或十来天，等把疟子鬼熬烦了，疟子鬼觉得老待在你身上不新鲜了，没啥趣味了，就转移了。疟子鬼一走，你的病就好了。

也有人性急，疟子鬼一上身，就想尽快把疟子鬼甩掉。流行的办法是跑疟子，也就是和疟子鬼赛跑。如果一个人跑得足够快，快到疟子鬼都追不上他的步伐，他就有可能把讨厌的疟子鬼甩到屁股后面。跑疟子在时间上有一个条件：不能夜里跑，也不能早上跑，只能在正晌午头跑。在跑疟子过程中，有两条类似规则性的要求，那就是不能回头看，也不能停下奔跑的脚步。你要是回头，疟子鬼以为你在逗它玩，会对你紧追不舍。你要是停下来呢，疟子鬼乐不可支，会继续以你的脊梁板为舞台，大唱胜利者之歌。妇女、老人和孩子，自知身体较弱，不是疟子鬼的对手，从不敢与疟子鬼过招儿。敢于跑疟子的都是一些青壮年男人，他们自恃身强力壮，可以与隐身的疟子鬼较量一番。

我曾多次看见过我们村或外村的青壮年男人在野地里跑疟子的情景。往往是，我正端着饭碗在村西护村坑里侧吃午饭，隔坑望去，见一个人在田间的小路上埋头奔跑。秋收已毕，刚刚种上的小麦尚未出芽，大面积的田野一望无际。秋阳当头照着，空旷的黄土地里荧荧波动着半人高的地气。据说日正午是各种鬼魅们活动和活跃的时间，其中包括疟子鬼。我仿佛看见，众多的疟子鬼手舞足蹈，在为那个附在奔跑者身上的疟子鬼助威加油，加油！加油！而在野地里奔跑的只有一个人，没有另一个人去鼓励他，为他加油，他的身影显得古怪而孤独。我不知道跑疟子的效果到底如何，只知道整个夏季和秋季，我们那里没有一个人能吃胖，没有一个人脸上有红光，一个两个，不是面黄，就是肌瘦。那都是被肆虐的疟疾病折磨的。

我自己发没发过疟疾呢？当然发过。传说中的疟子鬼好像还比较喜欢我，我在老家期间，几乎每年都要发上一两回疟子。要不是听说屠呦呦因发明治疗疟疾的青蒿素得了诺贝尔奖，我或许想不起写一写小时候发疟子的事了。屠呦呦获奖后，疟疾被人们重新反复提起，还说青蒿素在非洲每年可以挽救超百万人的生命。感叹之余，我想起我和疟疾也是有过关系的。我发疟子发得比较厉害，比较丢丑，到了几近疯狂的程度，回忆一下，还是蛮有意思的。

有两次发疟子，给我留下的记忆深刻一些。

一次是我在夜间发疟子。疟子袭来，先发冷，后发烧。至于发烧烧到多少度，家里人谁都不知道。父亲摸摸我的额头，说烧得烫手。母亲摸摸我的脸，说烧得跟火炭一样。发烧那么厉害怎么办？父亲的办法，是把我盖在被窝里，搂紧我，让我出汗。捂汗，这是我们那里对发烧的人普遍采取的措施。乡亲们认为，出汗就是散热，只要捂出汗来，发烧症状就会减轻，或者散去。可能是因为父亲用棉被把我的头捂得太严了，被窝里一点儿都不透气，我的呼吸变得越来越费劲，差不多要窒息了。迷迷糊糊中，我大概是出于求生的本能，垂死挣扎了一下。我挣扎的办法，是“噢”地叫了一声，双脚使劲一蹬，光着身子从被窝里蹿了出来。床头前面有一个盛粮食的圆形的囤，囤与床头之间有一个缝隙，我蹿出来后，就掉在缝隙之间的地上。父亲伸出一只手，拉住我的一只胳膊，往床上捞我。我定是发烧烧昏了头，失去了理智，竟张嘴在父亲的胳膊上咬了一口。以前，我只知道狗才会咬人，自己从没有咬人的想法。是发疟子发高烧，把我变成了一条狗。

更可笑的是，又有一次发疟子，把我烧成了“孙悟空”。这次疟子上来的时间是秋后的半下午。疟子鬼像是和我有约，一到半下午，它便微笑着如期而至。说实在话，我一点儿都不想和疟子鬼约会，这样的约会是它单方面发起的，是强加给我的，每次都把我害得很苦。可父母从没有带我去过医院，也不给我买什么药吃，似乎谁都无法拒绝疟子鬼的到来。可怕的是，明明知道疟子鬼下午要来，我只能坐在家门口等它。疟子鬼每次来，必给我带两样礼物，一样是冰，一样是火。我一得到冰，立即全身紧缩，冷得直打哆嗦。我听见我的上下牙齿因哆嗦磕得咯咯的，就是咬不住；一得到火，我身上就开始发热，起烧。烧到一定程度，我头晕目眩，看树不是树，看屋不是屋。我家灶屋旁边有一棵桐树，桐树本来长在地上，头晕时再看，桐树一升，一升，就升到天空去了。目眩时看灶屋也是，灶屋像是遇到了旋风，旋风一旋，灶屋就随风而去。在家里负责看护我的二姐，见我烧得满脸通红，在堂屋的门槛上坐不住，就让我到大床上躺着。我躺到床上要是能睡一觉，也许会好受些。可我睡不着，闭眼睁眼都不行。闭上眼，我觉得自己的身体在往上浮，越浮越小，小着小着就没有了。为了证明自己的存在，我赶紧睁开眼。不料睁开眼更恐怖，我看到屋墙在摇晃，屋顶在倾斜，似乎随时都会墙倒屋塌，把我砸死在下面。不好，我要逃。我从床上一跃而起，蹬着床头的粮食囤，往用高粱秆做成的箔篱子上攀爬。箔篱子又薄又滑，很难爬上去。

我一抓住箔篱子，箔篱子就哗哗响起来。二姐听见动静进屋，问我干什么，让我下来。我要干什么呢？连我自己都不知道，既没有方向，也没有目的。我或许想爬上箔篱子上方的梁头，在又粗又大的梁头上暂避一时。二姐拉住我的脚，把我从箔篱子上拽了下来。

二姐没能终止我的行动。我夺门而出，向外面跑去。我们院子里住着好几户人家，院门是一个敞开式的豁口。按常规，我应该向豁口跑去。发烧烧得我头脑中没有了常规，我竟跑进了三爷家的菜园子，并翻过菜园子的后墙，向村后跑去。二姐在后面追赶我，大声喊着要我站住，站住！我不会听二姐的，她越让我站住，我越是加快奔跑的速度。迷乱之中，我仿佛觉得自己正和疟子鬼赛跑，而二姐正是传说中的疟子鬼，我很快跑到了村后的坑边。我记得坑上搭着一根独木，跨过独木桥即可到村外。不知为何，独木桥没有了，眼前只有像堑壕一样深深的水坑。我有些不知天高地厚，想起爷爷讲的孙悟空的故事，我想我不就是孙悟空嘛，孙悟空一个跟头翻十万八千里，这个小小的水坑算得了什么。于是我纵身一跳，向对岸跳去。跟头翻得不太理想，我垂直落入水中。好在我会浮水，加上秋水一激，我清醒了些。等二姐赶到水边，我正水淋淋地往岸上爬。

现在回想起来，我发疟子发得那样严重，没有丢掉小命儿，脑子也没有烧坏，如今还能正常运转，真是万幸！

大约是到了 1969 年，我看到我们生产队饲养室的后墙上用白石灰刷了大标语：“疟疾蚊子传，吃药不要钱；得了疟疾病，快找卫生员；连吃八天药，防止今后犯。”赤脚医生给村里的每个人都发了药。几样药都很苦，我不知道其中有没有青蒿素。反正自从那年吃了药以后，我再也没发过疟子。

2015 年 10 月 21 日于北京和平里

遭 遇 蝎 子

有次去山东，见蝎子成了如今的一道菜。全须全尾被称为全虫的蝎子，用烈油炸过，一上桌就是一大盘。被炸熟的蝎子支里八叉，呈现的是挣扎过程中被固定的状态。每看见这道菜，我都会想起，我小时候曾被蝎子蜇到过，尝过这家伙的厉害。

我小时候成天在野地里跑，先是被蜜蜂蜇过，后是被马蜂蜇过，接着就被蝎子蜇到了。这三种虫子有一个共同特点：它们的武器都不是长在嘴里，而是长在尾部。尾部生有一根注射器一样的利刺，“注射器”里装的都是毒液。相比之下，蜜蜂的毒性小一些，被蜜蜂蜇过，出一个小红点儿，疼上一阵儿，就过去了。马蜂细腰长身，毒性要大一些。被马蜂蜇到，想隐瞒都不行，因为蜇到的地方会发肿，带样儿，三四天之后才会恢复原状。最可怕的当数蝎子，蝎子的毒辣是重量级的，一旦被蝎子蜇到，会疼得钻心钻肺，砭骨砭髓，让人一辈子都不会忘记。

我是在夏季的一天晚饭后被蝎子蜇到的。农村吃晚饭比较晚，一般都是端着饭碗摸黑在院子里吃。所谓晚饭，也就是一碗稀饭，里面顶多放几粒麦仁而已。我喝完稀饭，往灶屋送碗时，右手在门框上摸了一下。这一摸，得，正好摸到蝎子身上，就被蝎子蜇到了。刚被蝎子蜇到时，我并没意识到遭遇上了蝎子，当右手的中指猛地刺疼之后，我的第一反应是被钢针扎着了，而且扎得还挺深。这是谁干的？把针插在门框上干什么！我正要把疑问说出来，又一想，不对呀，就算门框上有针，我只是把针轻轻摸了一下，针也不会扎得如此主动和厉害呀！坏菜，黑灯瞎火的，我定是摸着蝎子了。那时候，我们老家的蝎子是很多的。蝎子是夜行爬虫，一到夜晚，蝎子就往上翻卷着带环节的长肚子，举着武器出行了。特别是在闷热潮湿的天气，从墙缝里爬出来的蝎子更多。我见有的大人拿着手电筒，哈腰探头往墙根上照。照到一只蝎子，趁蝎子被强光照得愣神的工夫，就用竹筷子夹起来，放进玻璃瓶里去了。不到半夜工夫，捉蝎人就能捉到多半瓶活蝎子。我们那里的人不吃蝎子，他们把蝎子卖到镇上的中药铺里去了。我从没捉过蝎子，与蝎子无冤无仇，相信蝎子不是有意蜇我。也许是，那只蝎子从门框经过，我碰巧摸到了它，它误以为我要捉它，就给我来了那么一下子。

我对娘说："蝎子蜇我了。"娘惊了一下，问我："怎么知道的？"我说："我感觉像是被针狠狠扎了一下，不是蝎子蜇的是什么！"娘说："蝎子蜇着可是很疼的，你不疼吗？"

当然疼。在娘说到疼之前，我的手指虽说也疼，但疼得不是很厉害。娘一说到疼，仿佛对疼痛有所提醒，我的手指霍地就大疼起来。真的，我一点儿都没有夸大其词，的确疼得霍霍的。那种疼像是有一种跳跃性，它腾腾跳着往上顶，似乎要把皮肉顶破。顶不破皮肉，只能疼上加疼。那种疼又像是有一种滚动性，它不限于在手指上作威，忽而滚到这里，忽而滚到那里，我整只手，整条胳膊，甚至全身都在疼。人说十指连心，我以前不大理解，这一回算是深切体会到了。

怎么办？我只有哭。我那时意志力还很薄弱，没有力量忍受疼痛。我一上来哭的声音就很大，很难听，鬼哭狼嚎一般。我们那里形容一个人哭得尖利、难听，就说是像被蝎子蜇着了一样。我不是像被蝎子蜇着了，而是货真价实地被蝎子蜇着了，哭一哭是题中应有之义。娘无法替我受疼，无法安慰我，也没有劝我别哭，只是让我躺下睡，说睡一觉就好了。我倒是想睡一觉，可哪里睡得着呢！通过大哭，我想我的疼感也许会转移一下，减轻一些，不料我的疼感如同一架隆隆开动的机器，而我的眼泪像是为机器加了油一样，使机器运转得更快，疼得更厉害。我的身体以前从没有这样疼过，不认为疼有什么了不起。这一次我算是领教了，天底下还有这样的疼法，疼起来真是遭罪，真是要命。

除了大哭不止，我还为自己加了伴奏。我躺在放在院子里的一扇门板上，伴奏的办法，是一边哭，一边用两个脚后跟交替着擂门板，把门板擂得砰砰响。我家住的院子是一个大宅院，院子里住着四五户人家，其中有爷爷奶奶辈的，有叔叔婶子辈的，还有不少堂哥堂姐堂弟堂妹。我知道，由于我的闹腾，全院子的人恐怕都睡不着觉。可我没有办法，谁让万恶的蝎子蜇了我呢！几十年后，一个堂弟对我说，那次挨了蝎子蜇后，我差不多哭了一夜，直到天将明时才睡着了。我说很丑很丑，不好意思！

由于对蝎子心有余悸，见炸好的蝎子端上来，我不大敢吃。朋友一再推荐，说是山里野生的蝎子，我才尝了尝。油炸蝎子挺好吃的，跟我小时候吃过的蚂蚱、蛐蛐、蚰子、爬蚱的味道是一样的。不过吃过一两只后，我就不再吃了，不能因为蝎子曾经蜇过我，我就对沦为盘中餐的蝎子大吃大嚼。

我大姐小时候也被蝎子蜇过，她是摸黑用葫芦开成的水瓢舀水时，被爬在瓢把儿上的蝎子蜇到的。

在电话里听我还在老家的大姐说，老家现在没有蝎子了，农药的普遍使用，药得蝎子已经绝种了。

2015 年 11 月 22 日于北京和平里

老家的馍

我们老家把馒头叫馍。馍分杂面馍和好面馍，也叫黑馍和白馍。黑馍主要是用红薯片子面做成的，又黑又黏牙，一点儿都不好吃。红薯片子遇雨霉变后舍不得扔，仍要磨成面，做成馍。吃那样的黑馍跟吃苦药差不多，一嚼就想呕。大人教给我们的办法是，吃苦红薯片子做成的馍不要细嚼，更不要品味，用舌头扁一扁，赶快咽进肚子里。嘴有味觉，肚子没有味觉，哄不住嘴，至少可以哄一哄肚子。

我在农村老家时，一年到头几乎都是吃黑馍，只有过麦季子和过年时才能吃到白馍。麦子割完了，打完了，各家各户都分到一些新麦。社员们为了犒劳一下自己，也是为了过端午节，每家都会蒸一锅子白馍吃。过大年蒸的白馍要多一些，各家都要蒸三锅，或者蒸五锅。过年蒸白馍，打的是敬神仙敬祖宗的旗号，其实最终都被人吃掉了。小孩子盼过年，除了过年可以穿新衣服，放花炮，还有一个主要的原因，是过年时可以连续几天吃到白馍。

白馍完全是由麦子磨成的面粉做成的，又大又圆，通体闪着白色的亮光，好看又好吃。我们吃白馍时总是很馋嘴，一出锅就想吃。还有，我们吃热气腾腾的白馍时不就什么菜，掰开就吃。当把白馍掰开，那种清纯的、扑鼻的麦香真是醉人哪，好吃得真是让人想掉泪啊！

北京人不把白馍叫馍，叫馒头。北京人天天可以吃到馒头，不过年时也能吃到。从这个意义上说，北京人每天都像是在过年。1966 年冬天，我作为红卫兵到北京进行革命大串连时，就天天吃白面馒头。我住在北京外国语学院的红卫兵接待站，除了吃白面馒头，还可以吃到肉片粉丝熬白菜，过的像是一步登天的日子。生活的改善虽说是临时性的，我并没有忘记在家里吃黑馍的母亲、姐姐、妹妹和弟弟。大串连结束时，我想我得给家人带点儿什么东西回去。带什么呢？临进京时，母亲给了我一块钱。在北京七八天，我只花两毛钱在街头排队买了一本红皮《毛主席语录》，连一个商店都没进过，别的一分钱的东西都没买过。剩下的八毛钱还是可以买点儿东西的，但我不知道买什么，还有点儿舍不得花。我手里还有没吃完的饭票，一旦离开北京，饭票就成了废纸，为何不把饭票换成馒头带回家呢！我用饭票从外国语学院的食堂换回六个馒头，包裹在粗布被子里，一路坐了火车坐汽车，下了汽车又步行二十多里，把馒头带回了家。回家打开被卷儿一看，馒头都干了，裂得开了花。母亲很高兴，说我从北京带回去的白馍都在笑。母亲还夸我顾家。我们家的每一个成员都吃到了我从北京带回去的白馍，神情都有些骄傲，好像北京的任何东西都是好的，白馍不仅有了食品方面的意义，还有了政治方面的意义。

生产队解散，土地分到各家各户之后，吃白馍的问题很快得到解决。乡亲们再也不必吃黑馍了，一天三顿饭，顿顿都可以吃到白馍，想吃几个就吃几个。此时我已从河南的煤矿调到北京工作，每年回老家探亲时，再也没有带过白馍。说起农村的变化，乡亲们都爱拿白馍说事儿，说现在日子好呀，天天都能吃白馍，好像白馍在他们嘴边挂着，开口就是白馍，又好像白馍是生活变化的一个显著标志，一提白馍，大家都知道生活变化到了一个什么程度。是的，据说我老家的村庄从明代就有了，祖祖辈辈几百年过去，哪一辈的人都想天天吃白馍，可愿望迟迟不能实现。只有到了今天，乡亲们天天吃白馍的愿望才终于实现了。也就是说，京城的人可以天天吃白馍，我们老家的人也可以天天吃白馍了。还拿过去只有过年时才能吃到白馍作对比，我们老家的人每天的生活也差不多像过年一样了。

说来有点儿可笑的是，我不往老家带白馍了，却开始从老家往北京带白馍。母亲下世后，每年的清明节和农历的十月初一，我都要回老家到母亲坟前烧纸。我每次回家，住在邻村的大姐、二姐都会各蒸一锅白馍给我吃。我在老家住上三天两天，大姐、二姐蒸的白馍吃不完，我就把吃剩下的白馍装在塑料袋里，再装进拉杆旅行箱里，带回北京接着吃。

我妻子的老家在山东，她习惯了把馍说成馒头。她对我从老家往北京带馒头不太理解，说什么东西不好带，大老远的，带些馒头干什么！没错儿，别人送给我的有成箱的火腿肠、真空包装的牛肉、饮料，还有不少土特产，我都没有带，只带了馒头。妻子又说："全国各地的馒头北京都有卖，想买什么样的馒头都可以买到。"随着妻子，不知不觉间我也把馍说成了馒头。我说："错，我们老家的馒头在北京就买不到。我吃了多种多样的馒头，怎么也吃不出老家馒头的那种味道。"北京的馒头太白了，白得像是用硫黄熏过，让人生疑。北京的馒头多是用机器做成的，整齐划一，样子很好看，一捏也很暄腾，但里面不知添加了什么样的化学性质的发酵粉，吃起来没有面味儿，更谈不上麦子的原香味儿。也许北京的馒头以前是好吃的，现在不那么好吃了。也许是我自己变了，口味变得挑剔起来。反正我固执地认为，我们老家的馍味道是独特的，是不可代替的。

独特味道的形成，至少有这样几种因素：它是用新麦磨的面做成的；面是用上次蒸馍留下的酵头子发起来的；馍是靠手工反复搓揉成型的；最后是用庄稼秆烧大锅蒸熟的。其中可能还有土地、水质和空气的原因，我就说不清了。为什么这样说呢？我向大姐、二姐请教了蒸馍的全部工艺，过春节时在北京也试着蒸过馍，但蒸出来的馍与老家的馍的味道差远了。

我之所以对老家的馍如此偏爱，深究起来，也许与我的胃从小留下的记忆有关。听母亲讲，我出生刚满月不久，母亲因身上长了疮，奶水就没有了。怎么办呢？母亲让祖父或父亲每天到镇上买回一个馍，把馍在碗里掰碎，用开水泡成糊糊给我喝。馍糊糊代替的是母亲的乳汁，我是喝馍糊糊长大的。老家的馍的味道给我的胃留下的记忆如此根深蒂固，我对那种味道将终生不忘，终生向往。

把老家的馍带到北京的家，为防止馍发生霉变，我会马上把馍分装在保鲜袋里，并放进冰箱的冷冻盒里冻起来。想吃的时候，就拿出来馏一个。冷冻过的馍味道没有改变，馏好一尝，记忆即刻被唤醒。

馏馍时，妻子给我馏的是我从老家带回来的馍，给她自己馏的还是在北京买的馍。其实，我们老家的馍妻子也很爱吃，因见我特别爱吃，她就舍不得吃了。

2013 年 11 月 20 日至 22 日于北京小黄庄

风 箱

不时想起风箱，我意识到自己开始怀旧。这个旧指的不仅是过去时，不光是岁月上的概念，还包括以前曾经使用过的物件。随着时间的流逝，时代的变迁，一些东西确实变成了旧东西，再也用不着了。我所能记起的，有太平车、独轮车、纺车、织布机、木锨、石磨、石磙、碓窑子、十六两一斤的星子秤等，很多很多。也就是几十年的工夫，这些过去常用的东西都被抛弃了，由实用变成了记忆，变成了在回忆中才能找到的东西。

风箱也是如此。

我在老家时，我们那里家家都有风箱。好比筷子和碗配套，风箱是与锅灶配套的，只要家里做饭吃，只要有锅灶，就必定要配置一只风箱。风箱为长方形，是木箱的样子，但里面不装布帛，也不装金银财宝，只装风。往锅底放些树叶，擦火柴给树叶点了火，树叶有些潮，只冒烟，不起火。靠鼓起嘴巴吹火是不行的，嘴巴都鼓疼了，眼睛也被浓烟熏得流泪，火还是起不来。这时只需拉动风箱往锅底一吹，浓烟从灶口涌出，火苗子呼的一下就腾起来。做饭时从村里一过，会听到家家户户都传出拉风箱的声响。每只风箱前后各有一个灵活的风舌头，随着拉杆前后拉动，风舌头吸在风门上，会发出嗒嗒的声音。拉杆往前拉，前面的风舌头响，拉杆往后送，后面的风舌头响。拉杆拉得有多快，响声响得就有多快。那种声响类似戏台上敲边鼓的声音，又像是磕檀板的声音，是很清脆的，很好听的。因风箱有大小之分，拉风箱的速度快慢也不同，风箱的合奏是错落的，像是交响的音乐。

让人难忘的是我们自家的风箱。不是吹牛，我们家的风箱和全村其他人家的风箱相比，质量是独一无二的，吹出的风量是首屈一指的。在祖母作为我们家的家庭主妇时，我不知道我们家的风箱是什么样子，恐怕趁不趁一只风箱都很难说。反正从我记事起，从母亲开始主持家里的炊事生活，我们家就拥有了一只人见人夸的风箱。母亲的娘家在开封附近的尉氏县，离我们那里有好几百里。母亲嫁给父亲后，生了大姐、二姐，又生了我和妹妹，十来年过去了，才回了一趟娘家。那时乡下不通汽车，交通不便，母亲走娘家，只能是走着去，走着回。母亲从娘家回来时，只带回了一样大件的东西，那就是风箱。步行几百里，母亲是把分量不轻的风箱背回来的。风箱是白茬，不上漆，也不要任何装饰。风箱的风格有些像风，朴素得很。母亲背回的风箱一经使用，就引得村里不少人到我们家参观。后来我才知道，母亲从远方的娘家带回的是制造风箱的先进技术，还有不同的风箱文化。从造型上看，本乡的风箱比较小，母亲带回的风箱比较高，风膛比较大；从细节上看，本乡的风箱是双杆，母亲带回的风箱是独杆。关键是风量和使用效果上的差别。本乡的风箱拉杆很快就磨细了，拉起来哐里哐当，快得像捣蒜一样，也吹不出多少风来。而我们家的风箱只需轻轻一拉，火就疯长起来，火头就顶到了锅底上。

我们兄弟姐妹小时候，最爱帮大人干的活儿就是拉风箱。拉风箱好玩儿，能发出呱嗒呱嗒的响声。撒进锅底的煤是黑的，拉动风箱一吹，煤就变成了红的，像风吹花开一样，很快就能见到效果。母亲不但不反对我们拉风箱，还招呼我们和她一块儿拉。我们手劲还小，一个人拉不动风箱，常常是手把上一只小手儿，再加上一只大手，母亲帮我们拉。

那时我们没什么玩具，在不烧火不做饭的情况下，我们也愿意把风箱鼓捣一下。风箱的风舌头是用一块薄薄的小木板做成的，像小孩子的巴掌那样大。风舌头挂在风门口的内侧，把风门口堵得严严实实，像是吸附在风门口一样。我们随手在锅台边捡起一根柴棒，一下一下捣那个风舌头。把风舌头捣得朝里张开，再收手让风舌头自动落下来。风舌头每次落下来，都会磕在风箱的内壁上，发出嗒的一声脆响。我们捣得越快，风舌头响得就越快，风舌头像是变成了会说快板书的人舌头。我们还愿意绾起袖子，把小手伸进风门里掏一掏。我们似乎想掏出一把风来，看看风到底是什么样子。可我们空手进去，空手出来，什么东西都没能掏到。

与风箱有关的故事还是有的。老鼠生来爱钻洞，以为风箱的风门口也是一个洞，一调皮就钻了进去。老鼠钻进去容易，想出来就难了。有一个歇后语由此而来，老鼠掉进风箱里——两头受气。有一户人家，夜深人静之时，灶屋里传出拉风箱的声音，呱嗒呱嗒，呱嗒呱嗒，听来有些瘆人。三更半夜的，家里人都在睡觉，是谁在灶屋里弄出来的动静呢？那家的儿媳前不久寻了短见，是不是她还留恋这个家，夜里偷偷回来做饭呢？有人出主意，让那家的人睡觉前在风箱前后撒些草木灰，看看留下的脚印是不是他家儿媳的。那家人照主意办理，第二天一早，果然在草木灰上看到了脚印。只不过脚印有些小，像是黄鼠狼留下的。黄鼠狼爱仿人戏，风箱在夜间发出的呱嗒声，极有可能是黄鼠狼用爪子捣鼓出来的。

既然我们家的风箱好使，生产队里下粉条需要烧大锅时，就借用我们家的风箱。我初中毕业后第一次走姥娘家，是借了邻村表哥一辆破旧的自行车，骑着自行车去的。我的小学老师找到我，特意嘱咐我，让我给他捎回一只和我们家的风箱一样的风箱。我是用自行车把挺大个儿的风箱驮回去的。不止一个木匠到我家看过，他们都认为我们家的风箱很好，但他们不会做，也不敢做。我们家的风箱，是我母亲的一份骄傲。母亲为我们家置办的东西不少，恐怕最值得母亲骄傲的，还是她从娘家带回的风箱。

现在，我们老家那里不再使用风箱了。人们垒了一种新式的锅灶，为锅灶砌了大烟筒，利用烟筒为锅灶抽风。还有的人家买了大肚子液化气罐，用液化气烧火做饭。扭动金属灶具上的开关，啪的一下子，蓝色的火苗儿呼呼地就燃起来。祖祖辈辈用了多少代的风箱，不可避免地闲置下来，成了多余的东西。什么东西都怕多余，一多余就失去了价值。据我所知，不少人家的风箱，最后都变成了一把柴，化成了锅底的灰烬。在风箱的作用下，不知有多少柴火变成了灰烬，风箱万万不会想到，它和柴火竟然是一样的命运。

我家的风箱是幸运的。母亲在世时，我们家的风箱存在着。母亲去世后，我们家的风箱仍然在灶屋里存在着。我们通过保存风箱，保留对母亲的念想。物件会变旧，人的感情永远都是新的。

2014 年 1 月 24 日至 27 日于北京和平里

吹柳笛，放风筝

五九六九，抬头望柳。七九六十三，行路的君子把衣宽。九九八十一，老狗寻荫地。踩住七九，柳条就发软了，就发青了，就冒黄米了。村里的大人们不一定顾得上往柳树上细看，柳树发芽的消息是我们这些孩子们用柳笛报告出来的。

柳笛不难做，我们都会做。折一根青柳枝，用剪刀剪成一截一截，用手一拧，把柳枝的青皮拧离骨，取下完整的皮管儿，将管口一端用牙咬扁，并轻轻咬去一层青皮，留下一层黄皮，柳笛就吹得响了。

我们村的男孩子女孩子都爱吹柳笛，人人都是春消息的传播者。在柳树刚冒芽的那些天，塘边，树下，院子里，一天到晚都有柳笛的音响。有的孩子是边走边吹，边跑边吹，好像柳笛本身长了腿，它们无处不到。柳笛长短不等，粗细不等，发出的声响也各不相同。细的，声音就尖，像女声；粗的，声音就憨，像男声；不粗不细的，像女中音或男中音。短的，声音嘹亮；长的，声音绵长；不短不长的，声音嘹亮而绵长。各种柳笛一齐吹，就成了柳笛的合奏和交响。

大人们都不反对孩子吹柳笛，在他们听来，柳笛有一种特殊的韵味，能唤起他们许多记忆和感慨。有人说：“又一年！”有人说：“日子过得真快，柳笛一响，才知道我们已经老了！”不用说，人们对声音是有记忆的，柳笛的声音在他们心上留下了记号，一提到记号，往事就回来了。正可谓柳笛声声里，春风细如愁。

每年春天，我至少都要做高音中音低音三支柳笛，轮换着吹。我鼓着嘴巴，吹了这支吹那支，把腮帮子都鼓胀疼了。最粗最长的那支，我还用剪子在上面剪了好几个菱形的方孔，像别人吹竹笛那样，手指捂在方孔上吹。这样吹出来的声音就不再是直来直去，而是嘀嘀哇哇有了变化。虽然不是百鸟朝凤，十鸟朝凤大概还是有的。

春天的阳光说暖和就暖和了，我只穿棉裤，把棉袄甩到一边去了。我棉袄里不套衬衣，棉袄一脱，就露出了光脖子和两条光胳膊。一冬天没洗澡了，我脖子里和胳膊上结了一层灰垢。但灰垢遮不住小孩子皮肤的白嫩，捂了一个冬天，乍脱去棉衣，我的胳膊显得又白又胖。比如藕节子，上面粘点泥巴不会影响藕节子的白，还会对它的白起反衬作用。母亲坐在门口的砖台阶上，正给父亲往鞋底上缝鞋帮子。我悄悄走过去，用柳笛对着母亲的耳朵吹了一下。

母亲大概正被柳笛把思绪带得有些远，我对着她的耳朵猛一吹，把她吓得不轻，她把手中的鞋底子一扬说：“我打你！你把我的耳朵吹聋吧！我的耳朵要是聋了，你的娘就是聋娘，你再跟我说话，我光会张着嘴打啊啊。”

我觉得母亲把话说得太严重了，对着耳朵吹一下柳笛，不会把耳朵吹聋的。母亲不让我吹，我就去对着二姐的耳朵吹。二姐知道，柳笛对着耳朵吹，声音很大，而且耳朵眼儿里很痒痒。二姐躲着，不让我把柳笛对准她的耳朵。我把柳笛含在嘴里，追着二姐，找二姐的耳朵，把二姐追得一会儿躲在墙角，一会儿躲在石榴树后面。

我没吹着二姐的耳朵，二姐却趁我不注意时，对着我的耳朵哇地吹了一下。这一下我领教到了柳笛吹耳朵的厉害，柳笛的声响和气流硬得像一根棍子，几乎把我的两只耳朵捅透气了。从此，我再也不对着别人的耳朵眼儿吹柳笛了。

在我追着二姐吹柳笛时，堂哥正在扎一个风筝。春来时，我们这里扎两种风筝，一种在天上放，一种在地上滚。往天上放的风筝需要好多线牵着，小孩子弄不来那么多线，只好扎地滚子风筝来放。地滚子风筝是用高粱莛子的细篾扎成的，扎成一个圆圆的西瓜模样，拿在手里极轻。风筝的柔韧性和弹性都很好：两手把“西瓜”挤一下，“西瓜”就扁了；手一松开，“西瓜”腾地就圆了。

堂哥的风筝快扎圆时，我凑过去了，问放风筝带不带我。

堂哥看了我一眼，没有马上作出答复。好像需要思考一下，才能做出决定。

我很想到地里放风筝，但必须取得堂哥同意，因为风筝是堂哥扎的。扎这种风筝需要一定的技术，我还没有掌握这种技术。我又问了一句堂哥，带不带我去。口气有点乞求的意思。

堂哥说，我如果给他家的狗带一块馍吃，他就让我去。

我答应了堂哥的条件，到灶屋拿馍去了。为了显示诚意，我拿了整整一个馍。当我把馍交给堂哥时，堂哥在院子里观察了一下，没有接馍，让我自己先拿着。我们拿着风筝走出院子时，堂哥才把馍要过去，说："我先尝尝。"照馍上吭哧咬了一大口。

我知道了，还说是给狗带馍，原来是他自己想吃。

狗已跑到前面去了，它跟孙猴子差不多，老是充当先行者的角色。

我们刚来到东南地里，金淌、狮子、铁头也跑来了。不知他们从哪儿得到了放风筝的消息。

东南地是一大块麦地，绿汪汪的，一眼望不到边。麦苗褪去燥色，正在返青。它们返青的过程大概跟小孩子换衣服差不多，昨天还是深色的棉衣，今天就换上了浅色的单衣。麦苗在地里睡了整整一个冬季，春雷一响，春雨一洒，它们纷纷醒过来了。醒来之后，它们觉得阳光不错，天气挺好，伸伸胳膊伸伸腿，浑身透着舒坦。按农人的说法，麦子开始起身了。它们一起身就覆盖了地皮。熬过严寒躲过劫难的野兔，不必再担心人们会看到它们，试探着在麦苗丛中恢复流动。兔子对麦苗感激涕零，一再立起身子，给麦苗作揖，仿佛麦苗就是它们的再生父母。一群老鸹往麦苗地里一落就瞅不见了，一只也瞅不见了。

放风筝就是要在这时节在这样的麦地里进行。要让风筝跑起来，有一个条件最重要，这就是风。不用担心没有风，在春天的田野里，春风总是不请自来。人们通常以为风没有色，没有形。错了，风的颜色和形状都无比丰富。比方说吧，是春风把麦苗染绿，把连天的麦地吹成波浪形状。不信？有人看见麦苗一波一波往远方涌，会指着麦苗说："看，风，风！"

风筝放飞之前，我们互相看了看，在心里交流着同一个意思。我们知道，风力这样好，风筝要么不出手，只要出手，就可能一去不返，再也收不回来了。但是，我们决不会因为收不回来就不放。

果然，堂哥把风筝放在地头刚一撒手，风筝就贴着麦苗滚走了。风是西北风，风筝顺着风往东南方向滚。说地滚子风筝贴着地滚并不准确，它是跳跃着在麦苗上飞。眨眼工夫，它已飞出好远。

我们欢呼着，撒丫子向风筝追去。我们尽可以撒着欢地跑，一马平川全是跟绿地毯一样的麦地，没有什么东西绊我们的脚。就算摔倒了，麦苗柔软得很，也摔不疼我们。别看风筝没长翅膀，飞得却很快，我们怎么也追不上风筝。风筝并不往高处飞，一直跟麦苗若即若离。仿佛遍地的麦苗是它们的蹦床子，它们借助蹦床子的弹力，在一起一落地跳荡。

风筝也有稍微停顿的时候，像是在等我们。可我们疯跑着刚把距离跟它拉近一点儿，它一个弹跳又飞跑了，似乎比刚才跑得还快。我们熟知风筝就是这个脾气，我们不生气，不泄气，加快速度再追。

我们这几个孩子，数铁头跑得最快。他光着脚练就的铁脚板，看样子非要把风筝逮住不可。他一边追还一边喊："风筝子，等等我！"风筝不等他，他就骂风筝，跟骂兔子使用的脏话差不多。

论奔跑能力黑狗是有机会追上风筝的，甚至会超过风筝。然而黑狗很善解人意，它似乎也懂得，风筝就是用来撵着玩的，倘若像扑兔子一样把风筝扑住，那才是一条傻狗。所以黑狗只在风筝一侧跑，绝不越过风筝。风筝停顿时，它跃起来作饿虎扑食状，扑下来爪子却落在风筝旁边的空地上。

这块麦地斜着算有一里多长，我们跑得汗黏裤裆，头上热气腾腾。麦地的尽头是东河的河堤。我们想，等风筝跑到河堤那儿就跑不成了，河堤那么高，会挡住风筝的去路。

可是，风筝只在河堤下面运气似的停了一气，就一口气沿着河堤的外斜坡攀到河堤的顶上去了。

等我们气喘吁吁地爬上高河堤，风筝已飞到河对岸去了。让人感到神奇的是，风筝飞越河床时，不但没落下来，反而升到空中去了，直到飘过半槽河水的河床才往下落。

风筝没在对岸的河堤上停，就落入堤下外村的麦地里了，一刻不停地向远方滚去。

风筝是银白色的，在阳光的照耀下闪闪发光。刚落入外村那绿得发黑的麦地时，我还能看见风筝一明一明的。停了一会儿，就变成一明一灭的，再停一会儿，就一点儿也看不见了。

我大声喊："风筝子，你回来！"喊着喊着，我眼里就涌满了泪。

堂哥、金淌、狮子、铁头本来也要跟着我一块儿喊，听见我的声音不大对劲，一看，我眼里泪花花的，他们就没喊。

端 灯

从童年到青年，我在河南农村老家生活了十九年。在我离开老家之前，我们家照明一直使用煤油灯。这种灯是用废旧墨水玻璃瓶制成的，瓶口盖着一个圆的薄铁片，铁片中间嵌着一根细铁管，铁管里续进草纸或棉线做成的灯捻子，煤油通过灯捻子沁上去，灯就可以点燃了。在我的印象里，我们家的灯头总是很小，恐怕比一粒黄豆大不了多少。“黄豆”在灯口上方玩杂技般地顶着，颤颤的，摇摇的，像是随时会滚落，灯像是随时会熄灭。可灯头再小也是灯，它带给我们家的光明是显而易见的。吃晚饭时，灶屋里亮着灯，我们才能顺利地走到锅边去盛饭，饭勺才不至于挖到锅台上。母亲在大雪飘飘的冬夜里纺线，因灯在地上的纺车怀里放着，我们躺在床上，就能看到纺车轮子的巨大影子在房顶来回滚动。

关于灯，我还听母亲和姐姐说过一些谜语，比如：一头大老犍，铺三间，盖三间，尾巴还在门外边。再比如：一只黑老鸹，嘴里衔着一朵小黄花，灯灯灯，就不对你说。这些谜语都很好玩，都够我猜半天的，给我的童年增添不少乐趣。

最有趣的事情要数端灯。

为省油起见，我们家平日只备一盏灯。灯有时在灶屋用，有时在堂屋用；有时在外间屋用，有时在里间屋用——这样就需要把灯移来移去。移灯的过程就是端灯的过程。从外间屋往里间屋端灯比较容易，因为屋里没风，不用担心灯会被风吹灭。而从灶屋往堂屋端灯就不那么容易了。我们家的灶屋在堂屋对面，离堂屋有二十多米远。从灶屋把灯端出来，要从南到北走过整个院子，才能把灯端到堂屋。当然了，倘若把灯在灶屋吹灭，端到堂屋再点上，这是轻而易举的事。可如果那样的话，就没什么可说的了。关键是要把明着的灯从灶屋端到堂屋，而且是日复一日、年复一年地从不间断，这就让人难忘了。

一开始，我并不知道母亲这样端灯是为了每天省下一根火柴，我是用游戏的眼光看待这件事情的，觉得母亲大概是为了好玩，为了在我们面前显示她端灯的技术。的确，母亲端灯的技术是很高明的。她一只手凹起来，遮护着灯头，一只手端着灯瓶子，照直朝堂屋门口走去。母亲既不看灯头，也不看地面，眼睛越过灯光，只使劲向堂屋门口的方向看着，走得不急不缓，稳稳当当。这时灯光把母亲的身影照得异常高大，母亲仿佛成了一位顶天立地的巨人。母亲跨进堂屋的那一刻，灯头忽闪了几下，但终究没有灭掉，灯的光亮直接得到延续。

刮风天或下雪天，端灯要困难一些。母亲的办法是解开棉袄大襟子下面的扣子，把灯头掩藏在大襟子里面，以遮风蔽雪。风把母亲的头发吹得飘扬起来，雪花落在母亲肩头，可小小的灯头却在母亲怀里得到了很好的保护。

我的大姐和二姐也会端灯，只是不如母亲端得好。她们手上端着灯，脚下探摸着，走得小心翼翼。她们生怕脚下绊着盛草的筐子，拴羊的绳子，或是我们家堂屋门口的那几层台阶。要是万一摔倒了，不光灯要灭，煤油要洒，说不定整个灯都会摔碎。那样的话，我们家的损失就大了。我注意到，大姐和二姐端灯时，神情都十分专注，严肃，绝不说话，更不左顾右盼。她们把灯端到指定位置，手从灯头旁拿开，脸上才露出轻松的微笑。

我也要端灯。在一次晚饭后，锅刷完了，灶屋的一切都收拾利索了，我提出了端灯的要求，并抢先把灯端在手里。大姐二姐都不让我端，她们认为，我出门走不了几步，灯就得灭。我不服气，坚持要端。这时候，我仍不知道把灯端来端去的目的是节省火柴。母亲发话，让我端一下试试。

我模仿大姐、二姐的姿势，先把端灯的手部动作在灶屋里做好，固定住，才慢慢地向门外移动。我觉得院子里没什么风，不料一出门口，灯头就开始忽闪。我顿感紧张，赶紧停下来看着灯头，照顾灯头。我的眼睛一看灯头不要紧，四周黑得跟无底洞一样，什么都看不见了。待灯头稍事稳定，我继续往前走时，禁不住俯头瞅了一下地面。地面还没瞅到，灯头又忽闪起来，这次忽闪得更厉害，灯头的小腰乱扭一气，像是在挣扎。我“哎”着“哎”着，灯头到底还是没保住，一下子灭掉了。

大姐埋怨我，说你看你看，不让你端，你非要端，又得费一根火柴。

直到这时我才明白，端灯的事是和节省火柴联系在一起的。母亲没有埋怨我，而是帮我算了一笔账：如果我们家每天省一根火柴，一月就能省三十根，一盒火柴二分钱，总共不过五六十根，省下三十根火柴，就等于省下一分钱。一分钱是不多，可少一分钱人家就不卖给你火柴啊！听了母亲算的账，我知道了端灯的事不是闹着玩的，它是过日子的一部分。我们那里形容一个人会过日子，说恨不能把一分钱掰成两半花。而我们的母亲呢，却把一分钱分成了二十瓣、三十瓣，每一瓣都代表着一根火柴。我为自己浪费了一根火柴深感惭愧。

让我感到欣慰的是，后来我终于学会了端灯。当我第一次把燃着的灯完好地从灶屋端到堂屋时，那种油然而生的成功感是不言而喻的。

2001 年 10 月 26 日于北京

挑 水

在我少年时候的印象里，挑水对我们家来说是个很大的负担。

我们院子里住着好几户人家，共用一副水筲。水筲是堂叔家的。谁家需要挑水，把水筲取来，挑起来就走。很长一段时间，我都不知道水筲是堂叔家的，还以为是我们家的呢。水筲是用柏木做成的，上下打着好几道铁箍，筲口穿着铁系子。加上水筲每天都湿漉漉的，水分很足，所以水筲本身就很重，一副水筲恐怕有几十斤。水筲里盛满了水就更重，一担水至少要超过百斤，没有一把子力气是挑不动的。

挑水的担子是特制的，两端镶有固定的铁链子和铁钩儿，它不叫扁担，叫钩担。用钩担和水筲挑水，对人的身高也有要求，如果达不到一定的高度，就不能把水筲挑离地面。

我们家离水井不近，水井在村南，我们家在村北，挑一担水要来回穿过整个村街。

水是必需品。做饭，刷锅，喂猪，都用水。洗菜，洗衣，洗脸，也离不开水。我们家每天都要用一担到两担水。

父亲活着时，我们家用水都是父亲挑。父亲挑水当然不成问题。父亲挑着空水筲往院子外面走时，水筲的铁系子咿呀咿呀响。父亲挑了重水筲回家，铁系子就不响了，变成了父亲的脚响。父亲的大脚踩在地上嚓嚓的，节奏感很强，像是在给忽闪忽闪的钩担和水筲打拍子。父亲逝世后，我母亲接过了挑水的担子，母亲挑水就不那么轻松了，每次挑水回来，母亲都直喘粗气。后来生产队为了照顾我们家，就让母亲参加男劳力干活，以多挣工分。繁重的劳动每天都把我们的母亲累得筋疲力尽。有时母亲还要出河工，吃住在挖河的工地。家里还有年迈的祖父，还有我们姐弟六人，日子还得过下去。于是就轮到我大姐试着挑起了挑水的担子。

那时大姐不过十三四岁，身子还很单薄，那样大的水筲对大姐来说是显得过于沉重了。可我们家没钱买小铁桶，瓦罐子又太容易破碎，只能用水筲挑水。我们那里把钩担两端的铁链子和铁钩儿叫成钩担穗子。钩担穗子长，大姐的个子低，大姐挑不起水筲怎么办呢？大姐就把钩担穗子挽起来，把铁钩倒扣在钩担上，这样大姐才能勉强把一对水筲挑起来。用钩担把水筲系进井里打水也不容易，技术上要求很高，需要把水筲在水面上方左右摆动，待筲口倾斜向水面，猛地把水筲扣下，才能打到水。这全靠手上的寸劲儿：摆得幅度不够，水筲就只能漂在水面；摆动太大，或往下放太多，铁钩会脱离水筲的铁系子，致使水筲沉入井底。那样麻烦就大了。大姐第一次去挑水，我担心她不会摆水，担心她会把水筲丢进井里。还好，大姐总算把水挑回来了。大姐走一阵，停下来歇歇，再走。水挑子压力太大，大姐绷着劲，绷得满脸通红。大姐把前后水筲的平衡掌握得不是太好，前面碰一下地，后面碰一下地。水筲每碰一下地，水就洒出一些。等大姐把水挑进灶屋，满筲水只剩下半筲了。

干天干地还好一些，遇上下雨下雪，大姐去挑水就更困难。我们那里是黏土地，见点儿水地就变得稀烂，泥巴深得拽脚，大姐每走一步都要付出加倍的力气。在这种情况下，大姐仍要去挑水。在雨季，我常常看见大姐赤着脚把水挑回来，身上的衣服也湿透了。而在雪天，大姐出门就是一身雪，水挑回来时，连水筲里都漂着雪块子。按说可以在好天好地时把水储存下一些，可我们家唯一的一口水缸盛粮食用了，我们家用水都是随用随挑。有时挑来的水还没用完，邻家又要用水筲去挑水，大姐就把剩余的水倒进一只和面用的瓦盆里。瓦盆不大，容积很有限。

秋季的一天，下着小雨。大姐去挑水时，小雨把钩担淋湿了。钩担经过长期使用，本来就很滑手，一淋了雨，钩担就更滑，简直像涂了一层油。大姐在水井里把水筲淹满了水，却提不上来了。连着两三次，大姐把水筲提到井筒半腰，手一滑，水筲又出溜下去。最后一次，大姐半蹲着身子，咬紧牙关，终于把水筲提出了井口。就是那一次，大姐由于用力太过，感到了身体不适。那天把水挑回去后，大姐哭了。她想到了她的今后，伤心伤得很远。从那以后，大姐每次去挑水都很畏难。特别是一到雨天，大姐更不愿去挑水。

好在我二姐顶上来了，二姐身体比较结实，人也争强，二姐把挑水的事承担了下来。

随着我逐渐长大，似乎该由我挑水了，因为我是我们家的长子。可是，母亲一直不让我挑水。母亲明确说过，她怕我挑水太早，被压得长不高，以后不好找对象。母亲怕我长不高，难道就不怕大姐、二姐长不高吗？母亲不让我挑水，显然是出于对我的偏心。我注意到，我的大姐二姐也从来不指望着我挑水。她们都有不想挑水的时候，为挑水的事，她们之间有时还闹点小小的矛盾，但她们从来没提过该轮到我去挑水了。

想来主要是我不够自觉，也比较懒，反正我挑水挑得极少。

关于挑水的一些事情，我当时并不完全知情，一些细节是后来听母亲和大姐、二姐说到的。她们是以回忆的口气说过去的事，说明她们早就不必挑水了，早就把担子从肩上卸下来了。可我听得心里一沉，像是重新把挑水的担子挑了起来。我想把担子卸下来就不那么容易。

瓦非瓦

我们祖上住的房子是楼房，砖座，兽脊，瓦顶。楼前延伸出来的有廊檐，支撑廊檐的是明柱，明柱下面还有下方上圆的础石。在兵荒马乱的年代，这座刘楼村标志性的建筑被土匪烧毁了。因为楼房是瓦顶，不是草顶，一开始土匪不知道怎么烧。还是我们村有人给土匪出主意，土匪把明柱周围裹上秫秆箔，箔里再塞满麦秸，才把楼房点着了。据老辈人讲，当楼房被点燃时，在热力和气浪的作用下，楼顶的瓦片所呈现的是飞翔的姿态。它们或斜着飞，或平着飞，或直上直下飞，像一群因受惊而炸窝的鸟。不同的是，鸟一飞就飞远了，而瓦一落在地上就摔碎了。

到了我祖父那一辈，我们家的房子就变成了草房。底座虽说还是青砖，那是烧毁后的楼房剩下的基础。房顶再也盖不起瓦，只能用麦草加以苫盖。没有摔碎的瓦搜集起来还有一些，只够压房脊和两侧的屋山用。越往后来，瓦越成了稀罕之物。我青年时代在生产队干活儿时，曾做过砖坯子，但从来没做过瓦坯子。据说做瓦坯子的工艺比较复杂，须把和好的胶泥贴在一个圆柱体上，使圆柱体旋转，致胶泥薄厚均匀，并成筒状，然后把筒状的东西切割成三等份，三片瓦坯子便做成了。把晾干的瓦坯子一层一层码在土窑里烧，还要经过闷，洇水，最后才成就了青瓦。除了这种片瓦，还有筒子瓦、屋檐滴水瓦、带图案的瓦当等，做起来更难。可以说每一种瓦的制造过程都需要匠心和慧心的结合，都是技术含量和艺术含量颇高的工艺品。

我和弟弟参加工作后，母亲有一个很大的愿望，是把我们家的老房子扒掉，翻盖成瓦房。逢年过节，我们给母亲寄一些钱，母亲舍不得花，都存起来，准备翻盖房子。母亲平日里省吃俭用，把卖粮食和卖鸡蛋的钱也一点一点攒下来，准备买瓦。母亲一共翻盖过两次房子，第一次把我们家的房子盖成了瓦剪边，第二次房顶上才全部盖上了瓦。看到母亲一手操持盖成的瓦房，我嘴里称赞，心里却有些遗憾。因为房顶上盖的瓦不是手工制作的细瓦，而是机器制作的板瓦。细瓦排列起来鳞次栉比，是很美观的。板瓦平铺直叙，一点儿都不好看。

母亲病重期间，由我和弟弟做主，把我们家的房子又翻盖了一次。这次以钢筋水泥奠基，以水泥预制板打顶，盖成了坚固耐久的平房。平房的特点是，一片瓦都不用了。那些淘汰下来的机制瓦被人拉走了，而那些原来用作压房脊和屋山的手工瓦却没人要，一直堆放在我家院子的一棵椿树下面。夏天来了，疯长的野草把那堆瓦覆盖住。冬天来了，野草塌下去，那堆瓦又显现出来。有一年秋天，我回老家看到了那堆被遗弃的瓦。那些瓦表面生了一层绿苔，始终保持着沉默。看着看着，我突然发现，那些饱经风霜、阅尽沧桑的瓦像是在诉说着什么。它们可能在诉说它们的经历和它们的遭遇。不错，那些瓦的历史已经有些久远。以前，我只认为我们家的一张雕花大床、几把硬木椅子和一张三屉桌，是祖上传下来的、值得珍视的老物件，从来没把泥巴做的瓦放在眼里。现在看来，瓦在我们家的历史更长一些。瓦是一条线索，也是一种记忆。通过瓦这条线索，可以串起我们家族的历史。通过瓦的记忆，我们可以回想起家族的变迁。那些瓦起码是我们家的文物。从现在起，我不能不对瓦心怀敬畏。

2011 年 3 月 3 日于北京和平里

拾豆子

下过一场秋雨，天放晴了。午后我和妻子在京郊的田野间闲走。我们没有目的地，随便在山脚和田间的小路上漫步，走到哪里算哪里。山是青山，高处以松树为主，低处才是果园和多种杂树。霜降的节气过了，杂树的树叶已经有所变化，有黄有红有紫，呈现的是斑斓之色。田里的玉米棒子都收走了，玉米秆子有的被放倒，有的还在田里站着。躺在地里的玉米秆子经雨水一淋，散发出一种甜丝丝的气息。田边儿的牵牛花儿正在开放，越是到了秋天，它们的喇叭花儿开得越密，色彩愈加艳丽。有的牵牛花儿把“喇叭”牵到酸枣树的最高处，仿佛在对天鸣奏。酸枣树结满红珊瑚珠一样的枣，似乎并不反对牵牛花儿在它们头顶吹“喇叭”，或许它们正想宣传自己的果实呢。一块小菜园在收过庄稼的地头显现出来，小菜园里辣椒的叶子还鲜绿着，辣椒却是红的，欲滴的样子。还有坡坎处大片大片的芦荻花。芦荻花的花穗是银灰色的，在秋阳的照耀下闪射着银色的光芒。我和妻子各采了一些芦荻花，合在一起，扯一根草茎扎起来，就是一把膨大的花束。妻子把花束的花头在脸上触了触，说真软和。

来到一块割过豆子的地边，我提出到地里看一看，看能不能拾一点豆子。我从小在农村长大，小时候每年秋天都到地里拾豆子。妻子小时候生活在矿区，她也有过到附近农村田地里挖野菜、溜红薯的经历，加上她后来当过知青，下乡插过队，我们对田地里土生土长的一切都有着共同的兴趣。下过雨的田地有些暄，有些陷脚，我们一踏进地里，鞋上就沾了泥。既然想拾豆子，就不能怕鞋上沾泥。豆子收割得很干净，乍一看只见豆茬，还有聚集在垄沟里的一些豆叶。但不管豆子收割得再干净，总会有一些豆粒从事先炸开的豆角里跳将出来，散落在地上，并埋在浮土里。妻子先发现了一粒豆子，捏在手上给我看，很欣喜的样子。我发现的豆子比她还多，我一下子拾到了三粒豆子。我从随身挎着的背包里翻出一个塑料口袋，把我们拾到的豆子集中放在塑料袋里。若不是下雨，这些小小的黄豆粒是很难被发现的。黄豆粒大概也不愿被埋没，它们盼着：给我雨，给我水！雨下来了，雨水剥开了浮土，淋在豆粒身上，豆粒很快便以又白又胖的姿态呈现出来。被雨水淋湿的豆叶巴巴地贴在地上，散发的是一股股糟香。用手搂开垄沟里的豆叶，常常能让人眼前一亮，禁不住叫出好来。因为豆叶下面往往藏着一窝白胖喜人的豆粒。覆盖着的豆叶让我想起玩把戏的人常用的一块布单，布单一掀开，说声“变！”把戏就变了出来。这里的把戏是豆粒。

没有风，天蓝得有些高远。我和妻子在地里低头寻觅，黄黄的秋阳照在身上暖暖的。一只灰色的蚂蚱从我脚前飞起来，发出细碎的响声。蚂蚱没飞多远，便停了下来。一只大腹便便的螳螂，立在一棵豆茬上，做的是张牙舞爪的样子。我们只是欣赏它，没有招惹它。不知从哪里传来一声长长的鸡啼，随着鸡啼传过来的似乎还有缕缕炊烟味儿。我对妻子感叹说：好久没听见公鸡的叫声了，听来真是亲切。妻子说我是老农民，我愿意承认，自己的确是一个老农民。

我记起小时候有一次拾豆子的事。夜里下了雨，第二天一早，母亲就把我和两个姐姐喊起来，让我们到西南地里去拾豆子。天气阴冷，不时还有雨丝飘下来。我们身上直打哆嗦。到地里拾豆子的小孩子恐怕有几十个，我们一来到地里，一看到被雨水淋得膨胀起来的豆子,就把冷忘记了。我那天拾的豆子并不多,该回家吃早饭时,我拾到的豆粒只有半茶缸。而我的两个姐姐提的是竹篮子，她们拾到的豆子都比我多得多。母亲看到了会不会嫌我拾得少呢？我想了一个办法，用我拾到的豆粒，和村里的一个小伙伴交换了一些豆角子。我把占地方的豆角子垫在茶缸子下面，把豆粒盖在上面，这样一来，从表面看，豆粒几乎是一茶缸，就显得多了。湿豆子需要晾，两个姐姐一回到家，就把拾到的豆子倒在堂屋当门的地上了。尽管我把拾到的豆子跟两个姐姐拾到的豆子倒在了一起，我弄虚作假的事还是被母亲发现了。母亲很生气，认为我做下了一件错事，还是严重的错事。母亲说我从小就这么不诚实，长大了不知怎么哄人呢。为了让我记住这次教训，母亲不仅严厉地吵了我，还对我作了处罚，不许我吃早饭。这件事给我留下了深刻的印象，几十年过去，只要一看到豆子，或只要一提到豆子，我都会联想起这件事。在地里拾豆子,我又对妻子讲起了这件事。母亲已去世多年,一说到母亲,我眼里顿时泪花花的。

我和妻子心里都清楚，我们踩着湿地在地里拾豆子，并不是因为我们家缺豆子。人家送给我们挺好的豆子，我们拿回家就放下了，老是想不起来吃。我们不在意豆子本身的价值，我们拾起的是记忆，是乐趣，是童心，是一种比豆子富贵得多的精神性的东西。

话虽然这么说，这次我和妻子共同拾回的半塑料袋豆子，我可舍不得随手丢弃。把豆子拿回家，我用清水洗了两遍，当晚熬粥时，就把豆子放到锅里去了。您别说，自己拾回的豆子吃起来就是香。

2011 年 11 月 3 日于北京和平里

石榴落了一地

我家院子里有一棵石榴树，是我祖父亲手栽下的。祖父已下世五十多年，石榴树至少也有五十多岁了吧。几十年来，我家的房子已先后翻盖过三次，每次翻盖都不在原来的位置，不是往后坐，就是往西移。不动的是那棵石榴树，它始终坚守在原来的地方。石榴树成了我们兄弟姐妹对老家记忆的坐标，以坐标为依据，我们才能回忆起原来的房子门口在哪里，窗户在哪里。当然，石榴树带给我们的回忆还很多，恐怕比夏天开的花朵和秋天结的果子还要多。

自从母亲2003年初春去世后，我们家的房子就成了空房子，院子里的花草树木再也无人管理。好在石榴树是皮实的，有着很强的自理能力，它无须别人为它浇水，施肥，打药，一切顺乎自然，该发芽时发芽，该开花时开花，该结果时结果，什么都不耽误。我们家的石榴被称为铜皮子石榴。所谓铜皮子，是指石榴成熟后皮子呈铜黄色，还有一些泛红，胭脂红。而且，石榴的皮子比较薄，薄得似乎能看出石榴籽儿凸起的颗粒。把石榴掰开来看，里面的石榴籽儿满满当当，晶莹得像红宝石一样，真是喜人。我们家的石榴汁液饱满，甜而不酸，还未入口，已让人满口生津。小时候吃我们家的石榴，我从来不吐籽儿，都是连籽儿一块儿嚼碎了吃。石榴籽儿的香，是一种特殊的内敛的清香，只有连籽儿一块儿吃，才能品味到这种清香。

母亲知道我爱吃石榴，老人家在世时，每年把石榴摘下，都会挑几个最大地留下来，包在棉花里，或埋在小麦茓子里，等我回家去吃。有一年，母亲从老家来北京，还特地给我捎了两个石榴。石榴是耐放的果实，母亲捎给我的石榴，皮子虽说有些干了，但里面的石榴籽儿还是一咬一兜水儿，让人吃在嘴里，甜在心里。

院子的大门常年锁着，石榴成熟了，一直没人采摘，会是什么样子呢？2011 年秋后的一天，我回到老家，掏出钥匙打开院子的大门，一进院子 ，就看到了忠于职守的石榴树。那天下着秋雨，雨下得还不小，平房顶上探出的两根排水管下面形成了两道水柱，流得哗哗的。我没有马上进屋，站在雨地里，对着石榴树看了一会儿。石榴树似乎也认出了我，仿佛在对我说："你回来了！"我说："是的，我回来了！"想到我以前回家，都是母亲跟我打招呼，而现在迎接我的只有这棵石榴树，我的双眼一下子涌满了泪水。我看到了，整棵石榴树被秋雨淋得湿漉漉的，像是沾满了游子的眼泪。石榴树的叶子差不多落完了，只有很少的几片叶子在雨点的作用下簌簌抖动。石榴树的枝条无拘无束地伸展着，枝条上挂着一串串水晶样的水珠。我同时看到了，一些石榴还在树上挂着，只是石榴的皮子张开着，石榴已变成了一只只空壳。那些变成空壳的石榴让我联想起一种盛开的花朵，像什么花朵呢？对了，像玉兰花，玉兰花开放时，花朵才会这样大。不用说，这些空壳都是小鸟儿们造成的。有一些石榴成熟时会裂开，这为小鸟儿吃石榴籽儿提供了方便。就算大多数石榴不裂开，小鸟儿尖利的喙把石榴啄开也不是什么难事。不难想象，小鸟儿们互相转告了石榴成熟的信息，就争先恐后地飞到我们家院子里来了。它们当中有喜鹊、斑鸠、麻雀，还有一些不知名的小鸟儿。众鸟儿欢快地叫着，且吃且舞，如同举行一场盛大的宴会。它们对无人看管的石榴不是很爱惜，吃得不是很节约。有的把一颗石榴吃了一半，就不吃了。有的踩在石榴上玩耍，把石榴蹬得落在地上，就不管了。

往石榴树下看，落在地上的石榴更多，可以说是落了一地。石榴的皮都敞开着，可见都被小鸟儿吃过。那些铺陈在地上的石榴不是同一时间落下来的，因为有的石榴皮已经发黑，有的还新鲜着。所有新鲜的石榴皮里，都嵌有一些石榴籽儿。在雨水的浸泡下，那些玉红色的石榴籽儿没有马上变白变糟，在成窝儿的雨水的凸透作用下，似乎被放大了璀璨的效果。可以设想，这些石榴如及时采摘，恐怕装满两三竹篮不成问题。因无人采摘，只能任它们落在地上。在我为落地的石榴惋惜之时，又有一只喜鹊翩然飞来，落在石榴树上。喜鹊大概发现石榴树的主人回来了，似乎有些意外，还有些不好意思，在树枝上一蹬，展翅飞走了。

第二天上午，雨停了。我拿起铁锨，开始清理落在地上的石榴。落在地上的不仅有石榴，还有枯叶。那些枯叶有大片的桐树叶、杨树叶，还有小片的椿树叶、槐树叶、竹叶和石榴叶等，至少积累有两三层。最下面的树叶已经发黑、腐烂；中间层的叶片尚且完整；最上面的石榴叶还是金黄的颜色。我家院子的地面没有用水泥打地坪，而是用一块块整砖铺成的。让我没想到的是，道道砖缝里竟长出了不少野菜，那些新生的野菜叶片肥肥的，碧绿碧绿的，跟几乎零落成泥的枯叶形成鲜明对照。那些厚厚的、软软的叶子很好清理，我用铁锨贴着地面一铲，就铲起满满一锨。如把这些包括石榴、枯叶和野菜在内的东西集中在一起，会堆起不小的一堆。我把这些东西堆到哪里去呢？我想了想，就把它们堆在石榴树的根部吧。它们会变成腐殖土，会变成肥料，对保护石榴树的根是有利的。

我只在家里住了两天，就辞别石榴树，锁上院子的门，离开了老家。我确信，到了明年，石榴树会照常发芽，照常开花，照常结果。不管有没有人欣赏它，它光彩烁烁的红花仍然会开满一树。不管有没有人采摘石榴，它照样会结得硕果累累，压弯枝头。

2011 年 12 月 29 日于北京和平里

兔子的精神

兔子分两种，家兔和野兔。家兔很可爱，野兔跑得快。我这次把目光投向越来越少的野兔，想着重把在田野里野生野长的兔子说一说。

在虎年的小满之后，我特意回到老家看收麦。麦子已经成熟，在一马平川的大平原上，到处都是黄金铺地般的富丽色彩。我每天在麦田间的小路上走来走去，尽情享受麦子的芬芳。缠绕在麦穗上的狗儿秧的喇叭花，一只翩翩飞舞的白蝴蝶，在我头顶喳喳叫着的喜鹊，还有水边陡起的长腿鹭鸶，都让我感到一种久违的美。更出人意料的是，有一天下午，在前面一块麦子地头的小路上，我竟然看到了一只兔子。兔子是银黄色的，和麦子的背景几乎融为一体。可我还是看到了兔子，因为麦子是静态的，兔子是动态的。好久没看到家乡的野兔了，野兔的出现让我不免有些惊喜，我差点儿叫了一声“兔子！”我没有叫，我怕吓着兔子。我停下脚步，没有再往前走。我想对兔子传达一个信号：我对它是友好的。还好，兔子没有立即隐入麦丛中，它竖起双耳，也停下了。我断定这只兔子是一只新生的兔子，对人类还不是很害怕。于是，我悄悄拿起照相机，想把这个朋友照下来。兔子大概发觉了我的举动，不能理解照相机是什么玩意儿，还没等我把镜头对准它，它就快速向前跑去。它顺着小路又跑了一阵儿，才身子一拐，遁入浩瀚如大海一样的麦地。

这个时候的兔子是幸福的。田边地头野草茂盛，可以说它们“左右逢源”，每天都有享用不完的大餐。这个时候的兔子也是安全的。麦子从青纱帐变成了黄纱帐，它们在金色的帐子里自由穿梭，或唱歌跳舞，或结社集会，或卿卿我我，反正想干什么都可以。

麦子收割时，等于把野兔们赖以藏身的黄纱帐收走了，野兔们就得面临危险。我少年时代在老家的生产队参与割麦，割着割着，每每看见一只兔子腾地跃起，向另一块尚未收割的麦地跑去。社员们对兔子都很感兴趣，大家停下割麦，站起来以手罩嘴，一齐对兔子呐喊。有的人还试图朝兔子追过去。但兔子四条腿，人只有两条腿，人的奔跑速度比兔子差远了，人的呐喊和追赶只不过是虚张声势而已。这时，同样长有四条腿的狗跳出来了，奋勇向兔子追去。平日里，习惯了看人们脸色的狗们因不敢对主人有过多超越，跑起来总是颠儿颠儿地，速度不是很快。如今面对兔子，狗们像是总算找到了用武之地，也得到了在人们面前露脸儿的机会，杀下身子，跑得风驰电掣一般。结果怎么样呢？狗们往往空嘴而归。狗跑得是很快，但兔子跑得更快。兔子跑起来像一团金色的雾，在田野里飘飘忽忽，让狗望尘莫及。

对野兔们来说，最严峻的时刻是收秋之后和飘雪的冬季。此时场光地净，无遮无拦，野兔们不仅食物匮乏，连找一个藏身之所都很难。而贪婪的人们收获了庄稼还不够，还要像收获庄稼一样收获兔子。人出动了，狗出动了，在我们那里被称为兔鹘的一种猎隼也出动了。如果人和狗是围捕野兔的地面部队，兔鹘就是人们所豢养的空中打击力量。与人、狗和鹘比起来，野兔们属于真正的弱势群体。只有野草是它们的朋友，别的动物几乎都是它们的敌人。但兔子也要生存，也有使族类得到繁衍的权利。它们的生存法则决定了它们并不是一味向强势群体屈服，除了逃跑，它们有时还表现出一种抗争的精神。有一次我看打围时亲眼所见，当兔鹘在空中斜刺里向一只野兔俯冲下来时，野兔竟猛地跳将起来，用头向兔鹘顶去。兔鹘猝不及防，被闪落在地，扑了一个空。兔鹘再起飞，飞到一定高度，再次向野兔发起冲击。而野兔毫不畏惧，在奔跑中瞅准时机，再次跳起来，直着身子向兔鹘的腹部撞去。这一幕让我震撼，甚至有些紧张，我万万没有想到，小小的野兔竟敢与那么强大的敌人抗争。从那一刻起，我站到了野兔一边，希望野兔把不可一世的、武装到翅膀的敌人顶翻，成为最终的胜利者。然而遗憾，由于兔鹘一而再，再而三地干扰了野兔的奔跑速度，从后面追过来的狗还是把野兔咬住了。

我还听说过一个让人更加难忘的故事。在某个肃杀的冬季，当一只老鹰将利爪刺进一只野兔母亲的臀部时，野兔母亲没有回头，没有犹豫，拖着老鹰继续奋力向前奔跑，一直把老鹰拖进一片长满硬刺的荆棘丛中。老鹰被刮得少皮没毛，野兔母亲悲壮地与老鹰同归于尽。出于对野兔母亲的敬佩，我曾把这个故事写成了一篇短篇小说，小说的题目叫《打围》。

2011 年 1 月 25 日

心 重

我的小弟弟身有残疾，他活着时，我不喜欢他，不愿带他玩。小弟弟病死时，我却哭得浑身抽搐，手脚冰凉，昏厥过去。母亲赶紧喊来一位略通医道的老爷爷。老爷爷给我扎了一针，我才苏醒过来。母亲因此得出了一个看法，说我是一个心重的孩子。母亲临终前，悄悄跟村里好几个婶子交代，说我的心太重，她死后，要婶子们多劝我，多关照我，以免我哭得太厉害，哭得昏死过去。

我对自己并不是很理解，难道我真是一个心重的人吗？回头想想，是有那么一点儿。比如，有好几次，妻子下班或外出办事，该回家时不能按时回家，我总是不由自主地为妻子的安全担心。我七想八想，想得越多，心越往下沉，越焦躁不安。直到妻子终于回家了，我仍然心情沉闷，不能马上释怀。妻子说，她回来了，表明她没出什么事儿，我应该高兴才是。我也明白，自己应该高兴，应该以足够的热情欢迎妻子归来。可是，大概因为我的想象沿着不好的方向走得有些远了，一时还不能返回来，我就是管不住自己，不能很快调动起高兴的情绪。等妻子解释了晚回的原因，我们又说了一会儿话，我压抑的情绪才有所缓解，并渐渐恢复到正常状态。我想，这也许就是我心重的表现之一吧。

许多人不愿意承认自己心重，认为心重是小心眼儿，是性格偏执，是对人世间的有些事情看不开、放不下造成的。有人甚至把心重说成是一种消极的心理现象，是不健康的心态。对于这样的认识和说法，我实在不敢认同。不是我为自己辩解，以我的人生经验和心理经验来看，我认为心重关乎敏感，关乎善良，关乎对人生的忧患意识，关乎对责任的担当，等等。从这些意义上说，心重不但不是什么负面的心理现象，反而是一种积极、健康、向上的心态。

我不揣冒昧，做出一个判断，凡是真正热爱写作的人，都是心重的人，任何有分量的作品都是心重的人写出来的，而非心轻的人所能为。一个人的文学作品，是这个人的生命之光，生命之舞，生命之果，是生命的一种精神形式。生命的质量、力量和分量，决定着文学作品的质量、力量和分量，有什么样的生命，只能写出什么样的作品。我个人理解，生命的质量主要是对一个人的人格而言，一个人有着善良的天性，高贵的心灵，高尚的道德，悲悯的情怀，他的生命才称得上是有质量的生命。生命的力量主要是对一个人的智性和思想深度而言，这个人勤学，善于独立思考，对世界有着独到的深刻见解，又勇于准确地表达自己的见解，这样的生命无疑是有力量的生命。生命的分量主要来自一个人的阅历和经历，它不是先天就有的，而是后天经年累月积累起来的。他奋斗过，挣扎过，痛苦过，甚至被轻视过，被批斗过，被侮辱过，加码再加码，锤炼再锤炼，生命的分量才日趋完美。沈从文在评价司马迁生命的分量时，有过精当的论述。沈从文认为，司马迁的文学态度来源于司马迁一生从各方面所得到的教育总量，司马迁的生命是有分量的生命。这种分量和痛苦、忧患有关，不是仅仅靠积学所能成就的。

回头再说心重。心重和生命的分量有没有关系呢？我认为是有的。九九归心，其实所谓生命的分量也就是心的分量。一个人的心重，不等于这个人的心就一定有分量。但拥有一颗有分量的心，必定是一个心重的人。一个人的心轻飘飘的，什么都不过心，甚至没心没肺，无论如何都说不上是有分量的心。

目前所流行的一些文化和艺术，因受市场左右，在有意无意地回避沉重的现实，一味搞笑、娱乐、放松、解构，差不多都是轻而又轻的东西。这些东西大行其道，久而久之，只能使人心变得更加轻浮，更加猥琐，更加庸俗。心轻了就能得到快乐吗？也不见得。米兰·昆德拉的观点是：生命不能承受之轻。他说过，也许最沉重的负担同时也是一种生活最为充实的象征，负担越沉，我们的生活就越贴近大地，越趋近真切和实在。相反，完全没有负担，人变得比大气还轻，会高高地飞起，离别大地，运动自由而毫无意义。

有一年我去埃及，在不止一处神庙中看到墙上内容大致相同的壁画。壁画上画着一种类似秤或天平样的东西，像是衡器。据介绍，那果然是一种衡器。衡器干什么用的呢？是用来称人的心的。每个人死后，都要把心取出来，放在衡器上称一称。如果哪一个人的心超重，就把这个人打入另册，不许变成神，也不许再转世变成人。那么对超了分量的心怎么处理呢？衡器旁边还画着一条巨型犬，犬吐着红舌头，负责称心的人顺手就把不合标准的心扔给犬吃掉了。我不懂埃及文化，不知道壁画背后的典故是什么，但听了对壁画的介绍，我难免联想到自己的心，不由得惊了一下。我承认过自己心重，按照埃及的说法，我死后，理应受到惩罚，既不能变成神，也不能再变成人。从今以后，我是不是也想办法使自己的心变得轻一些呢？想来想去，我想还是算了，我宁可只有一生，宁可死后不变神，也不变人，还是让我的心继续重下去吧。

2011 年 12 月 22 日于北京和平里

烟的往事

20 世纪 70 年代，我在河南新密煤矿当工人时，每年都有十二天的探亲假。只要回家探亲，有两样东西是必须带的，一是烟卷儿，二是糖块儿。烟卷儿是敬给爷爷、叔叔们抽的，糖块儿是发给孩子们吃的。那时我们村在外边工作的人很少，我一回家，村里几乎所有的男人都愿意到我家跟我说话。他们一方面听我讲讲外面的事情，另一方面也不必讳言，他们为的是能抽到烟卷儿，改善一下抽烟的生活。我们村的成年男人差不多都抽烟，但谁都抽不起烟卷儿。他们把烟卷儿说成是洋烟，说："洋烟，好家伙，那可不是有嘴就能抽到的。"平日里，他们用烟袋锅子抽旱烟，或把揉碎的烟末撒在纸片上，卷成"一头拧"，安在嘴上抽。我回家探亲，等于为他们提供了一个为数不多的抽洋烟的机会，或许他们都不愿错过这个机会。为了省钱，我自己不怎么抽烟，但我回家必须带足够的烟。

我乐意带烟给乡亲们抽。他们来我家抽烟，是看得起我，跟我不外气。我是拿工资的人，买几条烟我还是舍得的。我的小小的虚荣心让我变得有些大方，我手拿烟盒，一遍又一遍给他们散烟。我家的堂屋里老是烟雾腾腾，烟头子一会儿就扔满一地。我父亲也抽烟，而且烟瘾很大。然而在我九岁时，父亲就去世了，父亲没有抽过儿子买的一根烟。我给乡亲们上烟，权当他们代我父亲抽吧！

有一个梦，我不知道重复做过多少遍。梦到我回家探亲，刚走到村头，就遇见了一个爷爷或一个叔叔。我的第一反应，就是马上给人家掏烟。我掏遍全身的口袋，竟没有掏出烟来。坏了，我忘记带烟了。我顿觉自己非常无礼，也非常难堪，有些无地自容的意思。我同时对自己的行为感到吃惊，以致惊出了一身汗。好在吃惊之后我就醒过来了，知道自己并没有做错事。这个梦让我明白，回家带烟的事是上了梦境的，可见我对此事多么重视。这个梦也一再提醒我，回老家千万别忘了带烟。

那时回家探亲，不能在家里闲着，还要下地和社员们一块儿干活儿。下地干活儿时，我也要带上烟，趁工间休息把烟掏给大伙儿抽。有一次，我掏出一整盒烟卷儿散了一圈儿，散到哑巴跟前时，烟没有了，独独缺了应给哑巴的一根。哑巴眼巴巴地看着我，等着我给他发烟。哑巴又哑又聋，我无法跟他解释。我把空烟盒在手里攥巴攥巴，意思是告诉他：对不起，烟没有了。可是，哑巴仍看着我手里攥成一团的烟盒。我只好把空烟盒扔在地上。让我没想到的是，哑巴一个箭步跳过去，把烟盒捡了起来，并把烟盒拆成烟纸，拿手掌抚平，装进口袋里。我知道了，对于哑巴来说，烟纸也是好东西，他可以把烟纸裁成纸片卷烟末儿抽。

我回老家带的烟，不一定是最好的。有老乡告诉我，老家的人抽惯了原烟、粗烟，带给他们的烟卷儿越好，他们抽起来越觉得没劲儿，不过瘾，只带一般的烟卷儿就行了。可是，我每次回老家，还是尽量买好一些的烟，从价钱上衡量，至少是中档以上的水平吧。我听说，谁回家带了什么牌子的烟，乡亲们是互相传告的，我带好一些的烟给乡亲们抽，不说别的，自己面子上会好看些。

有一年春天，我再次回老家看望母亲。有一个远门子的四爷向我提出下次回来能不能给他带一盒中华烟。他把中华烟叫成“大中华”，说他听说“大中华”是中国最好的烟，可从来没抽过，要是能抽上一根“大中华”，这一辈子才算没有白活。四爷抽了我带回去的烟卷儿不够，还点着名牌跟我要烟，这有些出乎我的意料。但听他对中华烟如此看重，我还是答应了他的要求。我答应得不是很痛快，说只能买一下试试。

母亲看不惯四爷张口跟我要烟，要我不要搭理他。母亲还说，四爷为人粗暴，先后娶过两个老婆，都被他打跑了。对这样的人，不能信着他的意儿，不能他说什么就是什么。我说，四爷是一个长辈，当着那么多人，我不能让他把话掉在地上。至于能不能买到中华烟，我可没有把握，能买到就买，实在买不到，我也没办法。

一年过去，又该回老家看望母亲时，我记起四爷让我给他带中华烟的事。此时，我已从矿区调到煤炭部，在《中国煤炭报》做编辑工作。我到一些商店问过，都不卖中华烟。营业员告诉我，中华烟是特供品，商店里是买不到的。这怎么办？说起来我是在北京工作，竟然连一盒中华烟都弄不到，也显得太没能耐了吧！我打听到，煤炭部的外事局备有中华烟，那是接待外宾用的。刚好我们报社有一位副总编在煤炭部办公厅工作过，跟外事局的人比较熟，我跟他说了原委，请他帮我弄一盒中华烟。我把事情说得有些严重，说这盒烟如果弄不到，我将无法面对家乡父老。副总编能够理解我的心情，几天之后，就把一盒中华烟交到我手里。

那是一盒硬盒包装的中华烟，整个盒子是大红色的，一面的图案是天安门城楼，另一面的图案是华表。说来不好意思，在此之前，我从没有见过中华烟，更谈不上抽过中华烟，不知道中华烟有什么特别的好。这里顺便插一句，我不赞同用“中华”为一种烟命名。不管哪一种烟，都是对人的身体不利的东西，干吗用民族的名义为一种烟草冠名呢！

四爷一听说我回家，就到我家里去了。我把那盒中华烟原封不动给了他。他像是害怕别人与他分抽中华烟似的，把整盒烟往怀里一揣，赶快走掉了。

后来我听母亲说，四爷拿那盒中华烟不知跟多少人显摆过。

在村里显摆不够，他还趁赶集时把烟拿到集上，跟外村的人显摆。显摆归显摆，谁想抽一根“大中华”那是不可以的。别说抽烟了，谁想接过去，摸摸都不行。他的借口是，烟盒还没拆开，只把烟在别人眼前晃一下，就揣到自己怀里去了。

再次回老家时我见到四爷，问他中华烟怎么样，好抽吗？四爷说，他一直没舍得抽，放得时间长了，受潮了，霉得长了黑毛儿。

2012 年 8 月 25 日于北京

我的向往

我初中毕业回乡当农民期间，只给县里广播站写过几篇稿子，从没有给《河南日报》写过稿子。我当时觉得自己的写作水平还不行，写了报纸也不会登。

我们公社有一个通讯员，倒是给《河南日报》写了不少稿子。可他写了一篇又一篇，就是不见发表。他有些着急，也是不服气，就从报上抄了一篇稿子，投给了《河南日报》，看看报纸给不给登。您猜怎么着？他抄的那一篇很快在报上登了出来。为处理这件抄袭的事，报社还专门派记者到我们公社调查。这件事给我留下了很深的印象，它让我懂得，报纸用稿是有标准的，达到标准，人家自然会用，达不到标准，万不可急功近利，投机取巧。

我第一次给《河南日报》写稿子是 1973 年春天。其时我已经到新密煤矿参加工作两三年了，还从基层调到矿务局宣传组，当上了专事写新闻报道的通讯员。说来真够幸运的，我写的稿子是一篇，发出来却是两篇。怎么说呢，那年青年节前夕，我到裴沟矿采访，写了一篇记述青年矿工扎根煤海志不移的通讯。通讯分三段，每段写一个青年矿工的事迹。编辑大概认为其中两段中的两个人物写得还可以，就作为两篇独立的小故事发了出来。稿子的发表，使我给《河南日报》写稿子的信心提高不少。那时写稿子都不许署自己的名字，只署“本报通讯员”，当然也没有稿费。但我心里仍美滋滋的，觉得自己这块料子还行。

还有一次，宣传组的组长派我们几个通讯员分头采访，要求我们每人写两个小故事，组长本人也写了两个小故事。加在一起，一共是八个小故事，组成了一篇长篇通讯。这样写稿子的办法类似于考试，主考官是报社的编辑。我们都明白，这么长的通讯报纸不可能全文发表，编辑肯定会有所取舍，“八段锦”能发个“四季财”就算不错。稿子寄出后，我们心里都有些打鼓，吃不准谁写的故事能上榜，谁写的故事会落榜。几天之后，通讯发了出来。我拿过报纸一看，八个小故事被编者删去了五个，只发了三个。这三个小故事中，有两个是我写的。而组长写的两个小故事一个都没被采用。看到这个结果，我内心的高兴半点儿都不敢表露，赶紧“夹起尾巴”躲到一边去了。

尽管那时写稿不署自己的名，上面还是有人知道了我会写点儿东西。省里有个工业学大庆办公室，办公室主任点名要我去那里帮助工作。办公室的工作是推动全省的工矿企业开展学大庆活动，并下基层调查研究，写调研报告。回想起来，我在学大庆办公室帮忙期间的主要表现是不怕写东西，别人推三推四不愿写的东西，我说我来写。我知道有些老同志对我写东西不是很信任，但我就是敢写，就是不怕失败。对我来说，每次写东西都是一个学习的机会，失败也是学习，或许是更好的学习。也许正是因为我有那样的表现，他们看中了我。我在那里工作几个月后，办公室主任跟我谈话，希望我正式调到办公室工作。能从一个煤矿企业调到省里的机关，不能说不是一个进步，但我没有同意。我说我喜欢写新闻报道，最想去的单位是《河南日报》。现在想想，我那时真是敢想，也真敢说，颇有点儿不知天高地厚的意思。《河南日报》那么一个精英云集的新闻单位，能是一个仅有初中文化程度的毛头小子想去就去得了的吗?

机会来了，在我的要求下，《河南日报》驻郑州市记者站的陈迅老师答应让我去记者站学习。机会难得，我暗暗对自己说，一定要抓住这个机会，好好学习，多写稿子，争取在记者站里留下来。然而让人失望的是，我所在单位的领导不同意我到记者站学习，领导说我已经会写稿子了，不必再到记者站学习，要学习的话，另派一个同志去吧。我把领导的意见报告给陈迅老师，陈老师说："你要是不能来，别的人谁都不用来了。"就这样，我眼睁睁地失去了有可能去向往已久的《河南日报》工作的机会。

粉碎“四人帮”后的1978年，刚过罢春节，煤炭工业部所属的一个《他们特别能战斗》的杂志社，要借调我到编辑部帮助工作。

单位领导还是不想让我去。因为矿务局的一位副书记去煤炭部开会时已答应了杂志社的借用要求，单位领导才没能阻止我。在帮助编辑部工作期间，我就住在办公室里。每天除了早上到地坛公园跑一圈，打一套长拳，就是看稿子、编稿子、写稿子。我没有打算留在北京，没有任何私心杂念，干得异常放松、专注和认真，连一些老编辑编的稿子我都敢提问题，挑毛病。后来我才知道，我帮助编辑部工作的过程，也是杂志社考察我的过程。考察了半年之后，他们就决定调我到编辑部工作。让负责跟我谈话的编辑部主任没想到的是，我拒绝了他们的决定。我说出的理由是，我想搞文学创作（当时我已经开始发表小说），想在基层多生活几年。我心里还有一个想法不便说出来，就是还惦记着能去《河南日报》工作。

我毅然回到新密矿务局不久，煤炭部就派两个同志到矿务局去了，他们通知矿务局，也是通知我，说经过国务院有关部门批准，煤炭部已下达调令，调我到北京工作。我们全家调到北京后，我编过《他们特别能战斗》《煤矿工人》两种杂志，还参与创办了《中国煤炭报》和《中国煤矿文艺》，在编辑岗位一直干了二十多年，到 2001 年才调到北京作家协会当专业作家。

虽然我没能到《河南日报》工作，但我与家乡的报纸有难以割舍的情缘。我的办法是，每年给《河南日报》写几篇稿子，以表达对《河南日报》的热爱，也是寄托对家乡人民的感情。

2016 年 5 月 25 日于北京

怀 念 翟 墨

翟墨是我国独树一帜的美学家，他离开我们已经七年了。每当看到美术、美学、美育以至水墨、笔墨这样的字眼，我都会油然想起他。他长我十岁，生前见面时我都是称他老兄，他则叫我庆邦弟，我们两个有着兄弟般的情谊。

我认识翟墨是在 20 世纪 70 年代初期，那时他还没有使用翟墨这个笔名，发表作品时的署名是翟葆艺。其时他在郑州市委宣传部当新闻干事，我在郑州下属的新密矿务局宣传部也是当新闻干事，我们因上下级工作关系而认识。至于他写过哪些新闻作品，说来惭愧，我一篇都记不起了。而他在《河南日报》发表的一首诗，让我一下子记住了翟葆艺这个名字。那是一首写麦收的诗，其中两句恐怕我一辈子都不会忘记。诗句是："镰刀挥舞推浪去，草帽起伏荡舟来。"须知当时报纸上充斥的多是一些诸如斗争、批判、打倒、专政等生硬的东西，翟葆艺的诗从金色的大地取材，从火热的劳动生活中获得创作灵感，呈现的是图画般美丽动人的情景。

在今天看来，这样的诗句也许算不上多么出类拔萃，但在“文化大革命”的气候里，它就不大一般，显示的是难能可贵的艺术性质，并崭露出作者独特的审美趣味。

我很快就知道了，翟葆艺是毕业于郑州大学中文系的高才生，当过中学老师、晚报记者，业余时间一直在写诗。对于有文学才华的人，我似乎天生有一种辨识能力，不知不觉间就被对方的才华所吸引，愿意和“腹有诗书”的人接近，以表达我的敬意。除了欣赏翟葆艺的才华，我还注意到了他有一种与众不同的气质。什么样的气质呢？是羞涩的气质。几个人在一块儿闲谈，说笑话，话题或许跟他有关，或许与他一点儿关系都没有，有人或许看了他一眼，或许没看，几乎没什么来由，他的脸却一下子就红了。他的皮肤比较白净，加上他常年戴的是一副黑框眼镜，对比之下，他的脸红不但有些不可掩饰，反而显得更加突出。他也许不想让自己脸红，但这是血液的事，是骨子里的事，他自己也管不住自己。真的，我这样说对葆艺兄没有半点儿不恭，他羞涩的天性真像是一个女孩子啊！后来读到一些哲学家关于人性的论述我才明白了，因羞涩而脸红，关乎一个人的敏感、善良、自尊、爱心，以及丰富的内心世界和温柔的感情，这正是一个优秀艺术家心性和气质的体现。

1978 年，我和翟葆艺同一年到了北京，我是到一家杂志社当编辑，他是考进了中国艺术研究院美术系研究生部，在我国著名美学家王朝闻先生亲自指导下读研。在读研期间，我到研究院看望过他。我知道考研是一件难事，除了考专业课，还要考外语。我问他考的是什么外语，他说是日语。我又问他以前学过日语吗？他说没有，是临时自学的，因日语里有不少汉字，连学带蒙，就蒙了过去。他自谦地边说边笑，脸上又红了一阵。我心想，要是让我临时学外语，恐怕无论如何都难以过关。他在短时间内就能把一门外语拿下，其聪明程度可见一斑。

我们家在北京没有亲戚，就把葆艺家当成亲戚走。1989 年春节，我带妻子到他家拜年，他送给我他出的第一本署名翟墨的书：《美丑的纠缠与裂变》。读朋友的书，除了感到亲切，更容易从中学到东西。我自知艺术理论功底浅，这本书正是我所需要的。这是一本谈美说艺的短论结集，所论涉及文学、绘画、书法、音乐、戏剧等多个艺术门类。他的论述深入浅出，用比较简单的语言说明复杂的道理，用含情的笔墨探触理性的奥秘，读来让我很是受益。比如谈及书法之道时，他借用古人的理论，阐明初学者求的是平正，接着追求险绝，而后复归平正。“初谓未及，中则过之，后乃通会。”读到这样的论述，我联想到自己的小说创作，似乎正处在追求险绝的阶段，要达到“通会”的境界，尚需继续学习。

让人赞赏不已的，是翟墨的文论所使用的语言。我之所以在文章一开始就认定翟墨是“独树一帜的美学家”，在很大程度上，是因为他的语言有着独特的韵味。他的语言有写诗的功夫打底，是诗化的语言。他的文论是诗情与哲理的交融，读来如同一篇篇灵动飞扬、意味隽秀的散文诗，使人既可以得到心智的启迪，又可以得到艺术的享受。王朝闻先生在序言里对这部著作给予相当高的评价：“翟墨在艺坛探索，所写出来的感受已经引起了一些读者的浓厚兴趣，这一现象也能表明艺术评论有写什么与如何写的自由。”“他很重视诗化的理论形态……这本集子里的文章，在内容与形式方面都是有个性的。”

翟墨早早加入了中国作家协会，在文学评论方面也有很深的造诣。1990 年《当代作家评论》第五期，为我的小说创作发了一个评论小辑，小辑里发了五篇文章，四篇是评论家们写的评论，还有一篇是我自己写的创作谈。其中有一篇评论为翟墨所写，评论的题目是《向心灵的暗井掘进》。评论从我的《走窑汉》《家属房》《保镖》等几篇写矿工生活的小说文本出发，着重以小说对人性恶的挖掘为切入点，对小说进行了深入分析。分析认为：“人的本性中的邪恶一旦释放出来，在种种内在和外在原因的作用下，会像滚雪球一样越滚越大。差之毫厘而谬之千里。恶性循环使他们无法自我遏止。在他们进行了各式各样的丑恶表演之后，一个个落得害人害己的悲惨下场。”这样的分析高屋建瓴，鞭辟入里，着实让人诚服。

后来翟墨到我家找过我，对我说了他的处境，问能否调到我所在的《中国煤炭报》工作。因他的妻子和孩子户口都不在北京，住房条件迟迟得不到改善。他希望通过工作调动，改善一下住房条件。我把他的想法跟报社的领导说了，领导认为他的学历太高了，职务上不好安排，等于回绝了他的要求。

翟墨去世时才 68 岁，他离开这个世界太早了！尽管他生前已出版了《艺术家的美学》《当代人体艺术探索》《吴冠中画论》等 18 部著作，尽管他主编了 70 多部丛书，尽管他当上了《中国美术报》的副主编和中国艺术研究院的博士生导师，我还是觉得他去世太早了。凭着他深厚的学养，勤劳的精神，高尚的人格，如果再活 10 年或 20 年，他一定会取得更加丰硕的创作成果，赢得更广泛的影响。

我为翟墨兄感到惋惜，并深深怀念他！

2016 年 6 月 16 日于北京和平里

花 工

盛夏。正午。阳光炽白，树影发黑。在原煤炭工业部大楼东侧的花园里，一位看上去五十来岁的中年男子正在花丛中锄草。他穿一件半袖汗衫，敞着怀，头上戴一顶已经发黄的草帽。他的裤腿向上绾着，绾得一只高，一只低。他没穿袜子，赤脚穿一双塑料凉鞋。无风，天气很热，他锄一会儿，脑门儿上就出一层汗。好在他左肩上搭有一条毛巾，为避免汗水流进眼里，模糊了视线，每当额头上的汗水快要满了，他就抽下毛巾擦一擦。擦完了汗，他塌下腰接着锄草。

他的穿戴和干活儿的样子引起了我的注意，我看着怎么觉得有点儿熟悉呢？每个地方的人都有自己习惯性的穿戴，我老家的父兄们夏天在地里干活时不就是这样的穿戴嘛！他手中使用的锄板让我进一步认定，这位养花人就是从我的家乡来的。我走过全国许多地方，知道只有我们家乡的农人使用的锄板才这样宽，这样长，而且有着独特的式样。于是我上前跟他打招呼：“师傅，忙着呢！”大概由于机关工作人员平日里很少跟他说话，见我跟他打招呼，他有些出乎意料似的，对我笑了笑。我问：“看样子，您是河南人吧？”他说：“戏哩戏哩（是的是的），您从哪儿看出来的？”我一听他说话就乐了，说：“因为我老家也是河南的，只有咱们那地方的人才用这样的锄。”他把锄板看了看，停止了锄草，说：“那咱们是老乡。”我跟他交谈了一会儿，得知他所在的县和我的老家所在的县相距不远，都是在河南的南部。他是临时受雇于煤炭部机关绿化队，在这里专事养花种草，每月的工资是六百多块钱。他使用的锄是他特意从老家带来的。他姓宋，我叫他宋师傅。

我注意到，不管是在花园里锄草，还是为花儿浇水，宋师傅都是在午休时间和机关工作人员下班之后进行。若有人在花园里赏花儿，或在花园间的一块空地上锻炼身体，宋师傅就不知躲到哪里去了。宋师傅养花儿很上心，一到初冬，他就及时把花儿的残枝剪去，从郊区拉来一些发过酵的农家肥，厚厚的封在花根上。到春天再来看，宋师傅养的月季花，花蕾格外多，每一枝都有十来头；花朵格外大，每一朵都有一大捧；花色格外艳，照得人两眼放光。宋师傅除了养月季花，还养有一串红、大丽花、菊花、美人蕉、兰花等多种花草。宋师傅像农民伺候庄稼一样，把每样花草调养得都很有光彩。

宋师傅跟我熟了，一看见我，就喊我老乡。我跟他开玩笑：

“你不在家好好种庄稼，跑到这里养花儿种草干什么！”宋师傅笑得很开心，说：“城里人喜欢花儿嘛！”有一次，我指着他锄掉的野苋菜对他说：“这种菜挺好吃的。”他说他知道，问我：“你吃吗？”我说：“吃呀。”从此，宋师傅在花地里锄草时就锄下留情，留下了野苋菜。我呢，中午临下班时，便拐进花园里，掐一把野苋菜，回家下到面条锅里吃。有那么两三年，我每年夏天都到宋师傅所负责的花地里掐野苋菜吃。

宋师傅住在煤炭部家属区一间盛放工具的小屋里，我曾到他住的小屋看过他。其时他的妻子也从老家来了，妻子还带来了他的小孙子。看到他们祖孙其乐融融的样子，我说他的小日子过得挺不错的。他承认日子过得不错，笑着说：“人不管走到哪里，有活儿干，有饭吃，有衣穿，就中了。”

这年冬天，下了一场雪，又下了一场雪，却不见宋师傅把花儿的残枝剪去，更不见宋师傅像往年那样早早地用农家肥把花根封起来。有的月季花不畏严寒，还在枝头顽强地开着。积累的白雪下面透出月季花的一点红，显得分外妖娆。可是，一向很勤劳的宋师傅到哪里去了呢？

我碰到绿化队的人一问，才知道宋师傅去世了，秋天就不在了，是突发心脏病夺去了他刚刚五十多岁的生命。我马上赶到宋师傅曾住过的小屋，见小屋的门上果然挂着一把铁锁。我站在小屋门口，一时有些愣怔。宋师傅去世这么长时间了，我怎么一点儿都不知道呢！我呀，我呀，难道也变成一个冷漠的人了吗？

我知道，这多年来，我有不少老乡来北京打工。不光是我的老乡，全国各地来北京打工的农民更是数以百万计。他们在为北京的建设、发展和美化默默地做着贡献。他们有的来了，有的走了；有的献出了青春和汗水，还有的把生命永远留在了这座城市。宋师傅就是把生命留在这座城市的其中一位农民工。我不知道他的名字，只知道他姓宋。

煤炭工业部被取消了，那座工字型大楼经过重新装修后，大门口的牌子换成了国家安全生产监督管理总局和国家煤矿安全生产监察局。大楼东侧的那个花园没有了，地面被硬化处理成水泥地之后，成了自行车棚和汽车通道。可我每次路过那里，都不由自主地往那里看一看。我老是产生幻觉，仿佛觉得那里仍是鲜花铺地，百花丛中仍活动着宋师傅忙碌的身影。

2010年元旦于北京和平里

凭什么我可以吃一个鸡蛋

1967 年初中毕业后，我回乡当了两年多农民。我承认，我不是一个好农民，因为我对种地总也提不起兴趣。我成天想的是，怎样脱离家乡那块黏土地，到别的地方去生活。我不敢奢望一定到城市里去，心想只要挪挪窝儿就可以。

若是我从来没有外出过，走出去的心情不会那么急切。在 1966 年秋冬红卫兵大串联期间，当年 15 岁的我，身穿黑粗布棉袄、棉裤，背着跟当过兵的堂哥借来的黄书包，先后到了北京、武汉、长沙、杭州、上海、南京等大城市，在湘潭过了元旦，在上海过了春节。外出之前，我是一个黄巴巴的瘦小子。串联到城市里的红卫兵接待站，我每天吃的是大米饭、白面馒头，有时还有鱼和肉。串联了一个多月回到家，我的脸都吃大了，几乎成了一个胖子。这样一来，我的欲望就膨胀起来了，心也跑野了。我的头脑里装进了外面的世界，知道天外有天，河外有河，外面是那样广阔，那般美好。回头再看我们村庄，灰灰的，矮趴趴的，又瘦又小，实在没什么吸引人的地方。不行，我要走，我要甩掉脚上的泥巴，到别的地方去。

这期间，我被抽调到公社毛泽东思想文艺宣传队干了一段时间。在宣传队也不错，我每天和一帮青年唱歌跳舞，移植革命样板戏，到各大队巡回演出，过的是欢乐的日子。宣传队没有食堂，我们到公社的小食堂，跟公社干部们一块儿吃饭。干部们吃豆腐，我们跟着吃豆腐；干部们吃肉包子，我们也吃肉包子。我记得，我们住在一家被打倒的地主家的楼房里，公社每月发给我们每人15块钱生活费，生产队还按出满勤给我们记工分。我们的待遇让农村青年们很羡慕。要是宣传队长期存在就好了，那样的话，我就不用再回到庄稼地里去。不料宣传队是临时性的，它头年秋后成立，到了第二年春天，小麦刚起身就解散了。没办法，再留恋宣传队的生活也无用，我只得拿起锄头，重新回到农民的行列。

还有一条可以走出农村的途径，那就是去当兵。那时全国人民学习解放军的口号喊得震天响，农村青年对应征入伍都很积极。我曾两次报名参军，体检都没问题，但一到政治审查这一关，就被刷下来了。原因是我父亲曾在冯玉祥部当过一个下级军官，被人说成是“历史反革命”。想想看，一个“历史反革命分子”的儿子，人家怎么能容许你混入革命队伍呢！第一次报名参军不成，已经让我感到深受打击。第二次报名参军又遭拒绝，使我陷入一种几乎绝望的境地。我觉得自己完蛋了，这一辈子再也没什么前途了。我甚至想到，这样下去，活着还有什么意思呢？

我消沉下来，不愿说话，不愿理人，连饭都不想吃。我一天比一天瘦，忧郁得都挂了相。实在憋屈得受不了，我就躲到村外一片茂密的苇子棵里去唱歌。我选择的是一些忧伤的、抒情的歌曲。我大声把歌曲唱了一支又一支，直到唱得泪水顺着两边的眼角流下来，并在苇子棵里睡了一觉，压抑的情绪才稍稍有所缓解。

母亲和儿子是连心的，我悲观的情绪自然是瞒不过母亲。我知道母亲心里也很难过，但母亲不能改变我的命运，也无从安慰我。“文革”一开始，母亲就把我父亲穿军装的照片和她自己随军时穿旗袍的照片统统烧掉了。照片虽然烧掉了，历史是烧不掉的。已经去世的父亲无论如何也想不到，他的那段历史会株连到他的儿子。母亲曾当着我的面埋怨过父亲，说都是因为父亲的过去把我的前程给耽误了。母亲埋怨父亲时，我没有说话，没有顺着母亲的话埋怨父亲，更没有对母亲流露出半点儿不满之意。母亲为了抚养她的子女，承受着一般农村妇女所不能承受的沉重压力，已经付出了万苦千辛，如果我再给母亲脸子看，就显得我太没人心。我不怨任何人，只怨自己命运不济。

有一天早上，母亲做出了一个决定，给我煮一个鸡蛋吃。我们家通常的早饭是，在锅边贴一些红薯面的锅饼子，在锅底烧些红薯茶。锅饼子是死面的，红薯茶是稀汤寡水。我们啃一口锅饼子，喝一口红薯茶，没有什么菜可就，连腌咸菜都没有。母亲捣一点蒜汁儿，把鸡蛋剥开，切成四瓣，泡在蒜汁儿里，给我当菜吃。当时鸡蛋在我们那里可是奢侈品，一个人一年到头都难得吃一个鸡蛋。过麦季时，往面条锅里打一些鸡蛋花儿，全家人吃一个鸡蛋就不错了。有的人家的娇孩子，过生日时才能吃到一个鸡蛋。那么，差不多家家都养鸡，鸡下的蛋到哪里去了呢？鸡蛋一个个攒下来，拿到集上换煤油和盐去了。比起吃鸡蛋，煤油和盐更重要。没有煤油，就不能点灯，夜里就得摸黑。没有盐吃，人干活儿就没有力气。我家那年养有一只公鸡，两只母鸡。由于舍不得给鸡喂粮食，母鸡下蛋下得不是很勤，一只母鸡隔一天才会下一个蛋。以前，我们家的鸡蛋都舍不得吃，也是拿到集上换煤油和盐。母亲这次一改往日的做法，竟拿出一个鸡蛋给我吃。我在大串连时和宣传队里吃过好吃的，再吃又硬又黏的红薯面锅饼子，实在难以下咽。有一个鸡蛋泡在蒜汁儿里当菜就好多了，我很快就把一个锅饼子吃了下去。

问题是，我母亲没有吃鸡蛋，大姐、二姐没有吃鸡蛋，妹妹和弟弟也没有吃鸡蛋，只有我一个人每天早饭时吃一个鸡蛋。我吃得并不心安理得，但让我至今回想起来仍感到羞愧甚至羞耻的是，我没有拒绝，的确一次又一次把鸡蛋吃掉了。我没有让给家里任何一个亲人吃，每天独自享用一个宝贵的鸡蛋。我那时还缺乏反思的能力，也没有自问：凭什么我就可以吃一个鸡蛋呢？要论辛苦，全家人数母亲最辛苦。为了多挣工分，母亲风里雨里，泥里水里，一年到头和生产队里的男劳力一起干活儿。冬天下雪，村里别的妇女都不出工了，母亲还要到场院里去给牲口铡草，一趟一趟往麦子地里抬雪。要数对家里的贡献，大姐、二姐都比我贡献大。大姐是妇女小组长，二姐是生产队的妇女队长，她们干起活儿来都很争强，只能冲在别人前头，绝不会落在别人后头。因此，她们挣的工分是妇女劳力里最高的。要按大让小的规矩，妹妹比我小两岁，弟弟比我小五岁，妹妹天天薅草、拾柴，弟弟正上小学，他们正是长身体的时候，更需要营养。可是，他们都没有鸡蛋吃，母亲只让我一个人吃。

我相信，他们都知道鸡蛋好吃，都想吃鸡蛋。我不知道母亲在背后跟他们说过什么没有，做过什么工作没有，反正他们都没有提意见，没有和我攀比，都默默地接受了让我在家里搞特殊化的现实。大姐、二姐看见我吃鸡蛋，跟没看见一样，拿着锅饼子，端着红薯茶，就到别的地方吃去了。妹妹一听见刚下过蛋的母鸡在鸡窝里叫，就抢先去把温热的鸡蛋拾出来，递给母亲，让母亲煮给我吃。

我不是家长，家长还是母亲，我只是家里的长子。作为长子，应该为这个家多承担责任，多做牺牲才是。我没有承担什么，更没有主动做牺牲。我的表现不像长子，倒像是家里最小的孩子。

我们那里有句俗话：会哭闹的孩子有奶吃。我没有哭，没有闹，有的只是苦闷，沉默。也许在母亲看来，我不哭不闹，比又哭又闹还让她痛心。可能是母亲怕我憋出病来，怕我有个好歹，就决定让我每天吃一个鸡蛋。

姐妹兄弟们生来是平等的，在一个家庭里应该有着平等的待遇。如果父母对哪个孩子有所偏爱，或在物质利益上格外优待某个孩子，就会被别的孩子说成偏心，甚至会导致产生家庭矛盾。母亲顾不得那么多了，毅然做出了让我每天吃一个鸡蛋的决定。

如今，鸡蛋早已不是什么奢侈品，家家都有不少鸡蛋，想吃几个都可以。可是，关于一个鸡蛋的往事却留在我的记忆里了。四十多年过去了，这段记忆不但没有模糊，反而变得愈发清晰。鸡蛋像是唤起记忆的一个线索，只要一看到鸡蛋，一吃到鸡蛋，我就心里一停，又一突，那个记忆就回到眼前。一个鸡蛋的记忆几乎成了我的一种心理负担，它教我反思，教我一再自问：凭什么我可以吃一个鸡蛋？自问的结果是，我那时太自私，太不懂事，我对母亲、大姐、二姐、妹妹和弟弟都心怀愧悔，永远的愧悔。

在母亲最后的日子里，我天天陪伴母亲。我的职业性质使我可以支配自己的时间，给母亲做饭，陪母亲说话。有一天，我终于对母亲把我的愧悔说了出来。我说："那时候我实在不应该一个人吃鸡蛋，过后啥时候想起来都让人心里难受。"我想，母亲也许会对我解释一下让我吃鸡蛋的缘由，不料母亲却说："都是过去的事了，你这孩子，还提它干什么！"

2012年12月20日于北京小黄庄

雪天送稿儿

我在河南新密煤矿当通讯员时，经常到省会郑州的《河南日报》送稿儿。我那时写的多是新闻报道，有一定的时效性。那样的稿子，若是通过邮递方式往报社寄，等编辑收到就过时了，有可能成为废纸。为避免辛辛苦苦所写的稿子成为废纸，我的办法是直接把稿子送到报社去。好在矿务局离郑州不是很远，也就是几十公里，坐上火车或汽车，一两个钟头就到了。

让我最难忘的一次送稿儿，是在 1977 年的大年初一。当时全国到处缺煤，煤炭是紧俏物资。在那种情况下，矿工连过春节都不放假，照样头顶矿灯下井挖煤。工人不放假，矿务局的机关干部当然也不能放假，须分散到局属各矿，跟工人一起过所谓革命化、战斗化的春节。大年初一一大早，我还在睡觉，听见矿务局一位管政工的副书记在楼下大声喊我，让我跟他一块儿去王庄矿下井。副书记乘坐的吉普车没有熄火，我听见副书记的口气颇有些不耐烦。我不敢稍有怠慢，匆匆穿上衣服，跑着下楼去了。

来到矿上，阴沉的天空飘起了雪花。副书记去和矿上的领导接头，我换上工作服，领了矿灯，到井下的一个掘进窝头和工人们一起干活儿。我明白，我的任务不是单纯干活，从井下出来还要写一篇稿子。为了能使稿子有些内容，我就留心观察工人们干活儿的情况，并和掘进队的带班队长谈了几句。井下无短途，等我黑头黑脸地从井下出来，洗了澡，时间已是半下午。雪还在下，井口的煤堆上已覆盖了一层薄雪，使黑色的矿山变成了白色的矿山。此时，那位副书记和小车司机已先期回家去了，把我一个人丢在了矿上。我也想回家，跟妻子、女儿一块儿过春节，可不能啊，我的主要任务还没有完成。我搭了一辆运煤的卡车，向郑州赶去。雪越下越大，师傅不敢把车开得太快。我住进《河南日报》招待所时，天已完全黑了下来，吃晚饭的时间都过了。招待所的院子里积了半尺多深的雪，新雪上连一个脚印都没有。招待所是一个方形的大院，院子四周都是平房。平日里，入住招待所的全省各地的通讯员挺多的，差不多能把所有的房间住满。可那天的招待所空旷冷清起来，住招待所的只有我一个人。招待所方面，只有食堂里有一位上岁数的老师傅值班。我问老师傅有什么吃的，老师傅说："今天是大年初一呀，你怎么不在家过年哩！"我说矿上不放假，我还得写稿子。老师傅见我冻得有些哆嗦，问我想吃什么，他给我做。我说随便吃点儿什么都行。老师傅说："那我给你煮饺子吧。"

吃了两碗热气腾腾的水饺儿，我就趴在招待所的床铺上开始写稿子。望一眼窗外纷纷扬扬的大雪，我记得我写下的第一句话是：大年初一，新密煤矿井上冰天雪地，井下热火朝天。第二天早上，我踏着一踩一个脚窝的积雪，去报社的编辑部送稿子。报社的地方挺大的，有南门还有北门。我从北门进去，向编辑部所在的那栋大楼走去。报社的大院子里不见一个人影，偶尔有个别喜鹊在雪树间飞来飞去，蹬落一些散雪。我来到报社编辑部的值班室，见报社的总编辑在那里值班。我参加过报社在洛阳召开的城市通讯员工作会议，认识总编辑。我对总编说，我写了一篇煤矿工人节日期间坚守生产岗位的稿子，问总编需要不需要。总编的回答让我欣喜，他说当然需要，报纸正等这样的稿子呢！

把稿子交给总编，我就向长途汽车站赶去，准备回家。让我没想到的是，因大雪封山，雪阻路断，开往矿区的长途汽车停运了。汽车停运了，火车总不会停吧，我又向火车站赶去。下午只有一趟开往矿区的列车，我应该能赶上。然而因为同样的原因，火车也停开了。没办法，我只好返回《河南日报》的招待所住下。在中国人很看重的春节，别人大都和家人一起团聚，一起过年，我那年却被大雪生生困在了郑州。我在大年初一的早上就去矿上下井，一去就是好几天，没有一点儿消息，我想我妻子一定很着急，很担心。可那时家里没电话，更没有手机，我只能等雪停路通才能回去，才能跟妻子解释未能按时回家的原因。

在报社招待所待着也有好处，能够及时看到报纸。我初二把稿子送到报社，看到初三的《河南日报》就把稿子登了出来。稿子不仅发在头版，还是头条位置。

2016 年 1 月 5 日于北京和平里

写给英国的矿工兄弟

2015 年 12 月 18 日，英国最后一座深层矿井关闭之际，笼罩在凯灵利矿区的是一种依依不舍的伤怀气氛。矿工们升井之后，未及洗去脸上的煤黑，身上穿着工作服，头上戴着安全帽，就开始在井口合影留念。不少矿工从井下挑选了一块原煤，要把煤块像保存宝贝一样收藏起来。他们眼含泪水，互相拥抱，说着一些告别的话。多少年的矿工生涯，矿工这个职业对他们来说不仅是一份工作，还是一种生活方式，一种精神寄托。矿井的永久性关闭，使他们的生活面临断崖式改变，仿佛整个精神世界的大门也对他们关闭了。凯灵利煤矿有 450 名矿工，井下特殊的生态环境，使他们以命相托，生死与共，结下了兄弟般的深厚情谊。失去了采矿的情谊纽带，他们或将各奔东西，再也没有了一块儿喝酒的机会。他们情绪悲观，还有一个不容回避的客观原因，是担心失业之后会沦入走投无路的境地。在这种情况下，有的矿工仍不失幽默，他们把自己比喻成最后的恐龙。还有的矿工以诗意的语言宣称，世界上最后一盏矿灯行将熄灭。

我也曾是一名矿工，在媒体上看到上述这些信息，我感同身受，与英国的矿工兄弟颇有惺惺相惜之感。在想象里，我仿佛来到了凯灵利煤矿，正以一个中国老矿工的名义，安慰那些英国的矿工，并劝他们看远些，想开些，以顺应不可逆转的历史潮流，尊重人类文明发展的必然进程。

通过阅读矿工的儿子劳伦斯写的煤矿生活小说，我认识了英国的矿工；通过阅读左拉的长篇小说《萌芽》，我了解了法国的矿工。文学的功能就是这样，它能够跨越国界，超越种族，让全世界的读者都可以比较集中、详细、生动地读到某种职业从业者的生存状态、性格特点，以及他们的内心世界。“一声窑哥们儿，双泪落君前。”我得到的阅读体会是，全世界的矿工都好像是一家人，只要在幽深的矿井里摸爬过，就可以彼此认同，开怀畅饮。

我的一些写矿工生活的小说，也被翻译成了英文、法文、德文等外国文字，并在外国出版了单行本。我不知道那些国家的矿工读到过我所写的中国矿工生活的小说没有，不知道他们对中国的矿工有多少了解。但不管如何，我都愿意对全世界的矿工，特别是对英国的矿工，就矿井关闭问题谈一点我的看法。

人所共知，全世界的第一次工业革命是由英国率先发起的。工业革命的动力来自蒸汽。而蒸汽是从哪里来的呢？毫无疑问，蒸汽是通过燃煤生发、聚集起来的。没有矿工哪有煤，没有煤哪有蒸汽，没有蒸汽哪有动力呢？所以正确的顺序应该是，矿工挖出了煤，烧煤把水变成蒸汽，蒸汽推动各种机械运转，以机器代替了手工劳动，才实现了第一次工业革命。身在地层深处劳作的矿工，虽然默默无闻，但不可否认的是，他们也是第一次工业革命的功臣。关于煤炭在强国中的重要作用，曾经学过采矿专业的鲁迅先生有过这样精辟的论述："石炭者，与国家经济消长有密切之关系，而足以决盛衰生死之大问题者也。盖以汽生力之世界，无不以石炭为原动力者，失之则能令机械悉死，铁舰不神。虽曰将以电生力矣，然石炭亦能分握一方霸权，操一国之生死，则吾所敢断言也，故若英若美，均假僵死植物之灵，以横绝一世。"鲁迅在《中国地质略论》里写这番话时，英国仍处在国力强大的鼎盛时期，以煤炭为主要能源的经济还在英国占有主导地位。那时英国有 3000 多座煤矿，年产量将近三亿吨，采矿从业人员超过 120 万，是全世界第一产煤大国。

随着后来以电气为标志的第二次工业革命的兴起，随着天然气、石油、核能、风能等替代能源在英国的使用，英国的煤炭产量才逐渐减少。特别是到了 1952 年，由于燃煤造成的空气重度污染，伦敦发生了骇人听闻的持续五天的毒雾事件，造成大批伦敦居民呼吸困难，逾 4000 人在事件中丧生。此次生态灾难，使英国痛定思痛，决心进一步减少对煤炭的使用。英国不仅要关闭最后一座深层矿井，还计划到 2025 年，关闭所有燃煤电厂。到那时，英国会彻底告别持续了300余年的煤炭经济时代，进入后煤炭经济时代。

我想对英国的矿工兄弟们说的是，对煤矿的感情可以理解，失业后所面临的困境也值得同情。但感情不能代替理智，行业观念阻挡不住世界发展的大势，青山遮不住，毕竟东流去。随着互联网时代的到来，随着全球性能源结构的调整，当前整个世界正从工业文明向生态文明转变。在此转变过程中，被称为“碳排放大鳄”的煤炭，必将成为众矢之的，被迫渐次放低身段，而后无奈转身，直至最终退出历史舞台。说实在话，我们人类对地球的索取太过贪婪，长时期对亿万年前生成的化石能源的开采，已经把地球掏得千疮百孔，使地球原本完整的肌体遭到极大破坏。地球的确该休养生息了，我们必须以感恩之心，珍惜和善待我们赖以生存的地球。地球的存在决定着我们的存在，地球的美好决定着人类家园的美好，让我们放下镐头，张开双臂拥抱地球吧！

英国的矿工兄弟也许不知道，我们中国的数百万矿工兄弟也遇到了经济转型升级、能源结构调整、煤炭产能过剩和煤炭消费让位于环境保护的问题。我这篇短文既是写给英国的矿工兄弟的，更是写给国内的众多矿工兄弟的。因兼着中国煤矿作家协会的一个职务，我对全国煤炭行业的现实状况格外关注。近年来，我不断听到的都是一些不好的消息：哪儿哪儿的煤矿停产了；哪儿哪儿的矿井关闭了；哪儿哪儿的矿工已连续数月领不到工资了；哪儿哪儿的大批矿工即将告别煤矿，转岗另谋生路；等等。每每听到这些让人心情沉重的消息，我想哭的心都有。毋庸置疑，新中国成立以来，特别是改革开放以来，煤矿工人为全国的经济发展做出了很大贡献，同时也付出了很大牺牲。近三十多年来，中国的经济之所以能够快速发展，并超越英、法、日、德，成为全世界第二大经济体，从能源构成的角度讲，将近百分之七十的能源是来自煤炭。如果离开煤炭这根巨大、强有力的支柱，中国经济的天顶就无以支撑。当然，煤矿工人也分享了发展的成果，生活质量大大提高。然而，由于绿色发展等新的理念成为时代的共识，由于去产能成为煤炭行业的必由之路，煤矿的经济效益和矿工的薪酬必定会受到不同程度的影响。我有不少朋友和一些亲戚在煤矿工作，他们无不为前景感到担忧。

其实在20世纪末的两三年，全国煤矿就普遍遭遇困难，以致有的矿工家庭连日常生活都难以为继。当时我还在《中国煤炭报》当记者，曾写过一篇《目睹贫困现状》的长篇通讯，深入、细致地记述了陕西蒲白矿区几个矿工家庭的艰难处境。与此同时，煤炭行业上上下下一片哀叹之声，说煤炭工业成了夕阳工业。为了正面回应这个问题，我又写了一篇题目是《煤炭工业是夕阳工业吗？》的记者述评，刊登在《中国煤炭报》的头版头条位置。述评文章借助煤炭工业部门一些资深专家的判断，证明在未来几十年内，煤炭在中国的能源构成比例中仍将占有主导地位，说煤炭工业是夕阳工业为时尚早。果然，全国煤矿很快就迎来了连续十年的黄金期。十年内，矿山热火朝天，产量大幅攀升。矿工腰包鼓鼓，欢天喜地。然而也正是在形势一片大好的情况下，不少国有企业和私营企业不加节制地趁机扩张，才落得如今被过剩产能的包袱压得喘不过气、金子跌成黄铜价的被动局面。

夕阳无限好，只是近黄昏。时至今日，从感情上我仍不愿认同煤炭工业是夕阳工业的说法，因为中国目前的经济发展仍离不开煤炭。试想一下，如果现在断然掐断了煤炭供应，大地的繁荣将变成凋敝，人民的温暖将变得寒冷，祖国的光明将变为黑暗。可是，从理性上我们又不得不承认的事实是，对煤炭的消耗量呈现的确实是逐年递减的趋势，全世界是这样，中国也是这样。在万众创新的倡导下，在科技进步日新月异的今天，中国又出现了自造、自用、自售新兴能源的苗头，或许真的有那么一天，如同国人很少再用柴火煮饭一样，能源利用上再也不用烧煤了。如果那样的话，中国的矿工将彻底告别沉重的、见不到阳光的，甚至是危险的劳动，谁能说这不是一件幸事呢！

话题再回到英国的煤矿，英国最后一座深层矿井的关闭，对我国的煤矿业的确有着警示和借鉴的意义。在此也祝福英国的矿工兄弟，愿他们以矿工特有的不屈和开拓精神，开创更加美好的未来。

2016 年 4 月 8 日于北京小黄庄

在雨地里穿行

那是什么？又白又亮，像落着满地的蝴蝶一样。不是蝴蝶吧？蝴蝶会飞呀，那些爬在浅浅草地上的东西怎么一动都不动呢？我走进草地，俯身细看，哦，真的不是蝴蝶，原来是一种奇特的花，它没有绿叶扶持，从地里一长出来就是花朵盈盈的样子。花瓣是白蝶色，花蕊处才有一丝丝嫩绿，真像蝴蝶展开的翅膀呢！放眼望去，大片大片的花朵闪闪烁烁，又宛如夜空中满天的星辰。

我们去的地方是肯尼亚马赛马拉野生动物保护区，保护区的面积大约是四百平方公里。在保护区的边缘地带，我注意到了那种大面积的野花，它们引起了我的好奇。在阳光普照的时候，那种野花的亮丽自不待言。让人称奇和难以忘怀的是，在天低云暗、雨水淅沥之时，数不尽的白色花朵似乎才更加显示出其夺目的光彩。花朵的表面仿佛生有一层荧光，而荧光只有见水才能显现，雨水越泼洒，花朵的明亮度就越高。我禁不住赞叹：哎呀，真美！

北京已进入初冬，树上的叶子几乎落光了。地处热带的肯尼亚却刚刚迎来初夏的雨季。我们出行时，都遵嘱在旅行箱里带了雨伞。热带草原的雨水是够多的。我们驱车向草原深处进发时，雨下得还挺大，大雨点子打得汽车前面的挡风玻璃砰砰作响，雨刷子刷得手忙脚乱都刷不及。这么说吧，好像每一块云彩都是带雨的，只要有云彩移过来，雨跟着就下来了。

透过车窗望过去，我发现当地的黑人都不打雨伞。烟雨朦胧之中，一个身着红袍子的人从远处走过来了，乍一看像一株移动的海棠花树。待“花树”离得稍近些，我才看清了，那是一位双腿细长的赤脚男人。他没打雨伞，也没穿雨衣，就那么光着乌木雕塑一样的头颅，自由自在地在雨地里穿行，任天赐的雨水洒满他的全身。草地里有一个牧羊人，手里只拿着一根赶羊的棍子，也没带任何遮雨的东西。羊群往前走走，他也往前跟跟。羊群停下来吃草，他便在雨中静静站立着。当然，那些羊也没有打伞。天下着雨，对羊们吃草好像没造成任何影响，它们吃得专注而安详。那个牧羊人穿的也是红袍子。

我说他们穿的是袍子，其实并没有袍袖，也没有袍带，只不过是一块长方形的单子。他们把单子往身上一披，两角往脖子里一系，下面往腰间一裹，就算穿了衣服，简单得很，也易行得很。他们选择的单子，多是以红色基调为主，再配以金黄或宝蓝色的方格，都是鲜艳明亮的色彩。临行前，有人告诫我们，不要穿红色的衣服，以免引起野生动物的不安，受到野生动物的攻击。我们穿的都是颜色暗淡的衣服。到了马赛马拉草原，我看到的情景恰恰相反，当地的土著穿的多是色彩艳丽的衣服，不知这是为什么。在我看来，在草原和灌木的深色背景衬托下，穿一件红衣服的确出色，每个人都有着万绿丛中一点红的意思。

我们乘坐的装有铁栅栏的观光车在某个站点停下，马上会有一些人跑过来，向我们推销他们的木雕工艺品。那些人有男有女，有年轻人，也有上岁数的老人。他们都在车窗外的雨地里站着，连一个打伞的人都没有。洁净的雨滴从高空洒下来，淋湿了他们茸茸的头发，淋湿了他们的衣服，他们从从容容，似乎一点儿都不介意。我想，他们大概还保留着先民的习惯，作为自然的子民，仍和雨水保持着亲密的关系，而不愿与雨水相隔离。

在辽阔的野生动物保护区，那些野生动物对雨水的感情更不用说了。成群的羚羊、大象、野牛、狮子、斑马、角马、长颈鹿，还有秃鹫、珍珠鸡、黄冠鹤等，雨水使它们如获甘霖，如饮琼浆，无不如痴如醉，思绪绵长。你看那成百上千只美丽的黑斑瞪羚站在一起，黄白相间的尾巴摇得像花儿一样，谁说它们不是在对雨水举行感恩的仪式呢！有雨水，才会有湿地，有青草，有泉水。雨水是生命的源泉，也是一切生物生生不息的保障啊！

我们是打伞的。我们把精制的折叠雨伞从地球的中部带到了地球的南端。从车里一走下来，我们就把伞打开了，雨点儿很难落在我们身上。有一天，我们住进马赛马拉原始森林内的一座座尖顶的房子里。雨下了一夜。第二天早上，彩虹出来了，雨还在下着。我们去餐厅用早餐时，石板铺成的小径虽然离餐厅不远，但我们人人手里都举着一把伞。餐厅周围活动着不少猴子，它们在树上轻捷地攀缘，尾随着我们。我们在地上走，它们在树上走。据说猴子的大脑与人类的大脑最为接近，但不打伞的猴子对我们打伞的行为似有些不解，它们仿佛在问：你们拿的是什么玩意儿？你们把脸遮起来干什么？

回想起小时候，在老家农村，我也从来不打伞。那时，伞是奢侈品，我们家不趁一把伞。夏天的午后，我们在水塘里扑腾。天忽地下起了大雨，雨下得像瓢泼一样，在塘面上激起根根水柱。光着肚子的我们一点儿都不惊慌，该潜水，还接着潜水；该打水仗，还继续打水仗，似乎比不下雨时玩得还快乐。在大雨如注的日子，我和小伙伴们偶尔也会采一片大的桐叶或莲叶顶在头上。那不是为了避雨，是觉得好玩，是一种雨中的游戏。

不知从何时开始，我打起了雨伞。一下雨，我便用伞顶的一块塑料布或尼龙布把自己和雨隔开。我们家多种花色的伞有好多把。然而，下雨的日子似乎越来越少了，雨伞好长时间都派不上用场。如果再下雨，我不准备打雨伞了，只管到雨地里走一走。不就是把头发和衣服淋湿嘛，怕什么呢！

2009 年 3 月 12 日于美国华盛顿州奥斯特维拉村

卖 烟 叶 儿

不是谁都会卖东西，我在卖东西方面就很无能。

记得上初中一年级的时候，我到集上卖过一次烟叶儿。那是一次失败的经历，至今想起来仍让我感到惭愧。

新学期开始了，我还没有交学费。班主任在课堂上讲，哪些同学的学费还没交，尽快交一下。老师虽然没有点我的名，我知道还没交学费的同学中有我一个。拖过初一，拖不过十五，交学费的事是拖不掉的。老师催我，我就回家催母亲。母亲决定让我自己到集上去卖烟叶儿，用卖烟叶儿换来的钱去交学费。

平日里，我需要买一张白纸订作业本，或买别的学习用品，都是母亲拿鸡蛋换钱给我。当时一个鸡蛋才能卖三分钱，母鸡又不能保证每天都能下一个蛋，交学费所需的钱比较多，要是等到把鸡蛋攒得足够多再卖钱交学费，母鸡的功德是圆满了，我的学也别上了。以前，家里需要给我交学费时，母亲都是卖粮食，卖小麦或者卖豆子。这一次母亲舍不得卖粮食了，拿烟叶儿代替粮食。

我们家的屋子后面，有一片空着的宅基地。那片地种别的东西都长不住，不够鸡叼猪拱的，唯有种辛辣的、具有自我保护能力的烟叶儿，才会有所收成。母亲把肥厚的、绿得闪着油光的烟叶儿采下来，用麻经子拴成串儿，挂到墙上晒干。然后把又干又黄的烟叶儿扎成一把儿一把儿的，放在篓子里储藏起来。我父亲1960年去世后，家里没有人再吸烟。烟又不能当饭吃，母亲种烟，取的是它的经济价值，目的就是为了卖钱。

我说："我不会卖。"

母亲说："你都上中学了，难道连个烟叶儿都不会卖吗？不会卖，就别上学了！"

那天是个星期天，母亲和大姐、二姐天天在生产队里出工，挣工分，她们根本没有星期天的概念。学不能不上，我只好硬着头皮，把拿烟叶儿换学费的任务承担下来。

每把烟叶儿的价钱都一样，母亲跟我说了定价，叮嘱我要把价钱咬住，少于这个价钱就不卖。母亲有些不放心似的问我："记住了？"

我点点头，表示记住了。

集上总是很热闹，我喜欢赶集。但我以前赶集，都是看别人卖东西，自己从来没卖过东西，也没有想到有朝一日我也会到集上卖东西。用母亲做饭时穿的水裙，兜着六把烟叶儿，来到离我们村三里之外的集上，我有些羞怯，还有些莫名的紧张。我找到街边地摊儿之间的一个夹缝，把水裙铺在地上，把烟叶儿露出来。街上人来人往，熙熙攘攘，我不敢看人，退后一点站着，只低头看着放在脚前地上的烟叶儿。我家的烟叶儿当然很好，焦黄焦黄，是熟金一样的颜色。随便揪下一片，揉碎放进烟袋锅儿里，点火就可以吸。可我心里却在打鼓，烟叶儿有没有人买呢？

一个老头儿过来了，他管我叫学生，问烟叶儿多少钱一把。我说了价钱。他问少了卖不卖，我说不卖。他就走了。

一个妇女过来了，她管我叫小孩儿，问烟叶儿多少钱一把。我说了价钱。她问少了卖不卖，我说不卖。她也走了。

好不容易等来两个问价钱的人，他们问了价钱就走了。是不是母亲把价钱定高了呢？要是烟叶儿卖不掉怎么办呢？我开始有些着急。烟叶儿是很焦，但我心里好像比烟叶儿还焦。

这时旁边有一个卖包头大白菜的大叔似乎看出了我的焦急，对我说：“你得吆喝，不会吆喝可不中。”说着，给我做示范似的大声吆喝：“卖白菜了，瓷丁丁的大白菜，往地上一砸一个坑，买一棵顶两棵！”

我哪里会吆喝！我会唱歌，我会在课堂上喊起立、坐下，让我吆喝卖烟叶儿，我可吆喝不出来。大叔吆喝之后，眼看买他白菜的人果然比刚才多。我要是吆喝一下，也许注意到我的烟叶儿的赶集者也会多一些。可是，我就是张不开口，也不知道吆喝什么。

太阳越升越高，我的烟叶儿一把儿都没卖掉。我那时钓起鱼来还算有点儿耐心，卖起东西来耐心就差远了。我想如果再等一会儿烟叶儿还卖不掉，我就不卖了，把烟叶儿原封不动提溜回家。回家后我会跟母亲赌气，不再去上学，看母亲怎么办！

这时那个把我叫小孩儿的妇女又转了回来，她蹲下身子，一边用手摸烟叶儿，一边跟我讲价钱。她说便宜点儿吧，如果便宜点儿，她就买一把。还说卖东西不能太死性，不能把价钱咬死，那样的话，到散集东西都卖不掉。她讲的价钱和我母亲定的价钱每把烟叶儿少了五分钱。这一次我没有说不卖，我皱起眉头，有些犹豫。

见妇女跟我讲价钱，又过来一个男的给妇女帮腔，说卖吧卖吧，你要是便宜卖，我就买两把。他把我叫成男子汉，说一个男子汉，要自己拿主意，办事要果断。

我该怎么办？我的头有些发蒙，不知道主意在哪里。我不敢说同意，也不敢说不同意。我要是同意卖呢，就等于没听母亲的话，没把价钱咬住；要是不同意卖呢，我担心如果再错过机会，烟叶儿真的就卖不掉，学费就交不成。

那个男的大概看出了我的犹豫，他把两把烟叶儿抓在手里，开始按他们讲的价钱给我付钱，说好了，收钱吧。

我真傻，我像没见过钱似的，竟把钱接了过来。这一收钱不要紧，那个妇女也要了两把烟叶儿，按她讲的价钱给我付了钱。

他们讲的价钱是强加给我的，但我没有坚持母亲给我的定价，等于做出了让步。不知从哪里又钻出两个人，他们像抢便宜似的，买走了最后两把烟叶儿。

当六把烟叶儿全部被人拿走，地上只剩下水裙时，我才意识到坏了，我做下错事了。一把烟叶儿少卖五分钱，六把烟叶儿就少卖了三毛钱。三毛钱在当时可不算个小钱，十个鸡蛋加起来才能卖这么多钱啊！母亲知道我少卖了这么多钱，不知怎么生气、怎么吵我呢！

回家后，母亲确实有些生气，但并没怎么吵我。母亲说：“你这孩子，耳朵根子怎么那么软呢！”

从那以后，母亲再也没让我到集上卖过东西。

2014 年 12 月 30 日于北京和平里

卖 书

上篇我写了《卖烟叶儿》，意思是说我不会叫卖，不善讲价钱，卖东西只能是吃亏。我拿烟叶儿说事儿，背后的话是想说，不光是卖烟叶儿，我什么东西都不会卖，包括卖书。有了那篇东西，这篇小文不写也可以。可不写又觉得不尽意，还是把卖书的事儿也写一写吧。

我 1972 年开始写小说，写了四十多年，出了五十多本书。书有商品属性，也要拿到市场上去卖。回忆起来，我曾参与卖过两次书，一次是卖我的中短篇小说集《遍地白花》，还有一次是卖我的长篇小说《红煤》。

这两次参与卖书，也不是我自己要卖，是出版社安排我到书店签售。出版社为你出了书，希望你能够配合书的宣传推广工作，以期取得好一点儿的效益，你不配合也不好。《遍地白花》是作为“作家档案丛书”之一出版的，那套丛书的第一辑一共出了十位作家的作品集，我记得有林希、贾平凹、阎连科、周大新、阿成、毕飞宇等人的。应该说那套书的创意很不错，书做得也很讲究。书里收录了作者的处女作、代表作、有争议的作品，还收录了作家所出版的作品目录、作家创作经历的大事记和一些老照片，的确具有回顾和“档案”的性质。反正我对自己的那本书是满意的，愿意把书带回老家，分发给兄弟姐妹们看。书出版之后，出版社的领导把作家们召集到北京，在出版社的编辑部举行了一个首发式，还开了一个座谈会。之后，作家们便转移阵地，到王府井新华书店进行签售活动。

该书店是北京一家老牌子的书店，书店营业面积大，书的品种齐全，去那里买书的人历来很多。我想，我们一帮人去那里签售，会不会给书店带去一番热闹呢？会不会提升书店当日的营业额呢？我不止一次看过晚报的报道，说某作家到某书店签名售书，读者排队排得很长，以致作家签名签得手腕都疼了。我虽然不敢奢望出现那样的场景，但我们一下子去了那么多人，总该有一些集体效应吧！结果不但“排长队”和“手腕疼”的场景没有出现，让我始料不及的是，签售现场是那样的冷冷清清。我一本书没签不用说了，别的几位作家也就是签三五本就完了。书店里人来人往，我们坐在那里有些尴尬，脸上都有些挂不住。有的作家到门外抽烟去了，有的作家开始溜号。此处不可久留，见别人溜，我也开溜。我溜得有些灰溜溜的。

事后我有不服气的地方，也有想不明白的地方。要说我的粉丝不多,在读者中没什么号召力,我承认。可我们其中的一些作家,粉丝是很多的,在读者中是很有号召力的,那天他们为什么也没得到拥趸呢?是不是因为我们去的人太多了,反而分散了读者的注意力,使读者一时失去了选择的方向呢?

签售《红煤》的地点,是在郑州的一家大型图书商城。之所以专程从北京到郑州,出版方考虑的是,我的老家在河南,我写的多是家乡的故事,我在河南的读者或许会多一些。一路上,我心里有些打鼓。说实在话,对于我在河南的读者是不是多一些,我心里一点儿底都没有。再说,一个没什么大本事的人,写点儿东西是我的爱好,是我个人的事,我并不想让过多的家乡人知道我的写作生活。出版方当然希望我的名气越大越好,而我对所谓名气持的是保守的态度。

图书商城的准备工作是充分的,他们在当地的媒体发了签售预告,在签售现场扯了条幅,摆了桌子,桌子旁边摞了一大摞《红煤》。他们精心把《红煤》摞成螺旋状,使一堆书呈现的是上升的趋势。我估计,这一堆书至少有二百本。这本书的装帧很不错,紫红色的底子烘托着两个黑色的大字。书名是贾平凹兄帮我题写的,印在书的封面上有凸起的效果。用手一抚摸,仿佛书上真的镶嵌有两块乌金一样。商城承办这样的活动,当然会有商业方面的考虑,会有经济效益方面的预期。然而,真的对不起,我让老乡们失望了。我记得很清楚,只有六位买书人让我给他们签了名，此后，再没有人买我的书。有人拿起书翻了翻，似乎还没看到“煤”和“挖煤人”之间的联系，就把书放下了。还有人把坐在桌后的我和条幅上我的名字对照了一下，好像仍不知道我是谁，径直走了过去。我一个人坐在那里很不舒服，不知道自己在干什么。我想起少年时代一次到集上卖烟叶儿的事。烟叶儿里含有尼古丁，是真正的毒草，别人不愿意买是对的。可我的书里一点儿毒素都没有，别人怎么也不愿意买呢！我还想起那次在王府井新华书店的集体签售活动，那次买我们书的人虽然也不多，也让我们觉得有些尴尬，但有朋友们互相遮着，大哥别说二哥，谁都不必把责任揽在自己头上。这次情况不同了，这次我唱的是独角戏，观众买不买账，责任只能由我一个人承担。想溜是不可能了，我只有硬着头皮，在那里干坐着。人说求人难，没想到卖书也这么难。那一刻，我觉得自己有些可怜巴巴，真正体会到了如坐针毡的滋味。

让我现眼的事还在后面。定是在媒体上看到了信息，我的一个在郑州打工的堂弟和一个在郑州做生意的亲戚，到签售现场看我去了。他们大概以为我干的是一件露脸的事，就去给我捧场。他们的出现，着实让我吃惊不小，我暗暗叫了一声坏了，这一次现眼算是现到家了。不过，他们去看我也有好处，我可以和他们说说话，问问老家的一些情况，总比我一个人在那里干坐着好一些，时间上也会好熬一些。

不少朋友劝我，不要写小说了，去弄电视剧。说弄电视剧挣钱多，也会扩大我的名气。对这样好心的劝说，我总是有些不好意思。该怎么说呢？我想说的是，一个人一辈子能写多少书，能有多少名，能挣多少钱，都是命里注定。我们得认命，命中没有的，我们不可强求。

2015 年 1 月 24 日于北京五洲大酒店

参天的古树

那是一栋独立的别墅，我住在二楼的一间卧室。卧室的窗户很宽大，窗玻璃明得有如同无。然而这样的窗户却不挂窗帘。我只需躺在床上，便把窗外的景物看到了。窗外挺立着一些参天的古树，那些古树多是杉树，也有松树、柏树和白桦等。不管哪一种树，呈现的都是未加修饰的原始状态，枝杈自由伸展，树干直插云天。一阵风吹过，树冠啸声一片。一种宝蓝色的凤头鸟和一种有着玉红肚皮的长尾鸟，在林中飞来飞去，不时发出好听的叫声。我看到的更多的是举着大尾巴的松鼠，它们在树枝间蹿上跳下，行走如飞，像鸟儿一样。松鼠是没长翅膀的鸟儿。它们啾啾叫着，欢快而活泼。它们的鸣叫也像小鸟儿。树林前面，是一片开阔的草地。和草地相连的，是蔚蓝色的海湾。海湾对面，是连绵起伏的雪山。

我把目光拉回，看到两只野鹿在窗外的灌木丛中吃嫩叶。它们一只大些，一只小些，显然是一对夫妻。我从床上下来看它们，它们也回过头来看着我。它们的眼睛清澈而美丽，毫无惊慌之意。墙根处绿茵茵的草地上突然冒出一堆蓬松的新土，那必是能干的土拨鼠所为。雪花落下来了，像是很快便为褐色的新土堆戴上了一顶白色的草帽。

是的，那里的天气景象变化多端，异常丰富。一忽儿是云，一忽儿是雨；一阵儿是雹，一阵儿是雪；刚才还艳阳当空，转瞬间云遮雾罩。雪下来了。那里的雪花儿真大，一朵雪花儿落到地上，能摔成好多瓣。冰雹下来了。碎珍珠一样的雹子像是有着极好的弹性，它打在阳台的木地板上能弹起来，打在草地上也能弹起来，弹得飞珠溅玉一般。不一会儿，满地晶莹的雹子就积了厚厚一层。雨当然是那里的常客，或者说是那里万千气象的主宰。一周时间内，差不多有五天在下雨。沙沙啦啦的春雨有时一下就是一天。由于雨水充沛，空气湿润，植被的覆盖普遍而深厚。树枝上、秋千架上、绳子上，甚至连做门牌的塑料制品上，都长有翠绿的丝状青苔，让人称奇。

那个地方是美国华盛顿州西南海岸边的一个小村，小村的名字叫奥斯特维拉。我和肖亦农先生应埃斯比基金会的邀请，就是住在那个环境优美的地方写作。过去我一直认为，美国是一个发达国家，也是一个年轻的国家，不过到处都是高楼大厦，没有什么古老的东西。这次在那里写作，我改变了一些看法，发现古老的东西在美国还是有的。美国虽然年轻，但它的树木并不年轻；

美国不古老，那里生长的树木却很古老。肯定是先有了大陆、土地、野草、树木等，然后才有了美国。看到一棵棵巨大的苍松古柏，你不得不承认，美国虽然没有悠久的人文历史，却有着悠久的自然生态历史。而且，良好的自然生态就那么生生不息，一直延续了下来。这一点，那漫山遍野的古树，就是最好的证明。

出生于本地的埃斯比先生，引以为骄傲的正是家乡诗一样的自然环境。他自己写了不少赞美家乡的诗歌，还希望全世界的作家、诗人、剧作家、画家等，都能分享他家乡的自然风光。在一个春花烂漫的上午，和煦的阳光照在草地上，埃斯比突发灵感，对他的朋友波丽说："咱们能不能成立一个基金会，邀请全世界的作家和艺术家到我们这里写作呢？"埃斯比的想法得到了波丽的赞赏，于是，他们四处募集资金，一个以埃斯比命名的写作基金会就成立了。基金会是国家级的社团组织，其宗旨是为全世界各个流派的作家和艺术家提供不受打扰、专心工作的环境。基金会鼓励作家和艺术家解放自己的心灵，以勇于冒险的精神重新审视自己的写作项目，创作出高端的文学艺术作品。

基金会成立以来，在过去的九年间，已有苏格兰、澳大利亚、尼泊尔、加拿大、匈牙利等六七个国家的九十五位作家、艺术家到奥斯特维拉写作。他们都对那里的居住和写作环境给予很高评价，认为那里宁静的气氛、独处的空间、优美的自然风光，的确能够激发创作活力。

我由衷敬佩埃斯比创办基金会的创意。他的目光，是放眼世界的目光。他的胸怀，是装着全人类的胸怀。他的精神，是真正的国际主义的精神。有了那样的精神，他才那么给自己定位，才有了那样的创意，才舍得为文化艺术投资。他的投资不求回报，是在为全世界的文化艺术发展做贡献，在为人类的精神文明做贡献。埃斯比的举动堪称是一个壮举。

1999 年，埃斯比先生逝世后，波丽继承了他的遗志，继续发展基金会的事业，不断扩大基金会的规模。基金会扩建基础设施的近期目标，是每年至少可以接待三十二位作家、艺术家到那里生活和写作。波丽一头银发，七十多岁了。她穿着红上衣，额角别着一枚蝴蝶形的花卡子，看上去十分俏丽，充满活力。她对我们微笑着，很像一位慈祥的老奶奶。她在互联网上看到对我们的介绍和我们的作品，向我们深深鞠躬，让我们十分感动。

由中国作家协会推荐，经埃斯比写作基金会批准，我和肖亦农有幸成为首批赴奥斯特维拉写作的中国作家。一在树林中的别墅住下，我就体会到了那里的宁静。我们看不到电视、报纸，也没有互联网，几乎隔断了与外界的联系。那里树多鸟多，人口稀少。我早上和傍晚出去跑步，只见鸟，不见人；只阅花，不闻声。天黑了，外面漆黑一团，只有无数只昆虫在草丛中合唱。在月圆的夜晚，我们踏着月光出去散步，像是听到如水的月光泼洒在地上的声音。写作的间隙，我平躺在客厅的沙发上，看着挂在凉棚屋檐下由道道雨丝织成的雨帘，一时不知身在何处，宁静而幽远的幸福感从心底涌起。不能辜负埃斯比写作基金会的期望，亦不能辜负那里优美的自然环境，在不到一个月的时间里，我写了一篇短篇小说，两篇散文，记了两万多字的日记，还看完了三本书。

我们刚到那里时，杏树刚冒花骨朵儿。当我们离开时，红红的杏花已开满了一树。

2009 年 3 月 26 日于美国华盛顿州奥斯特维拉村

地 球 婆

第一次见面，我对她有些不恭。当我知道了她的身份和她家的经济情况，地主婆三个字从我嘴里脱口而出。她不懂中文，我叫她地主婆，反正她也听不懂。其实她听懂了也没什么。她家有农场，有大面积的土地，养有成群的牛、羊、鸡，她又是家庭主妇，我叫她地主婆也算是名副其实，不带什么贬义。不知为何，我看她的形象也像是地主婆的形象，因为她的脸颊格外地红，红得像搽了胭脂一样。我仔细瞅了瞅，她并没有搽胭脂，她脸上的红不是表面的，是深层次的，像是太阳晒出来的，是太阳红。

她是美国华盛顿州的一位普通家庭妇女，名字叫格尤。格尤在一个小教堂里遇见我们，知道我们是应邀到美国写作的中国作家，就决定请我们吃饭，吃烤鸡。她特别说明，鸡是她自家养的。好呀，我们肚里正缺油水，有人请我们吃烤鸡，我们求之不得，当然乐意。

格尤家的别墅建在一处开阔的草地上，别墅对面不远就是蔚蓝色的大海。成群的白鸥在海面翻飞，景色十分壮丽。我们来到格尤家的别墅门口，格尤还没出来，她家的小狗却率先跑了出来。让我感到惊奇的是，小狗从未见过我们，却像是看到久别重逢的老朋友一样，对我们这般友好。它把尾巴举着，像举着一束鲜花。它把“鲜花”快速摇着，在向我们表示热烈欢迎。

外面下着小雨，颇有凉意。而室内壁炉里面的木柴在熊熊燃烧，带有松柏香味的温暖像是一直暖到我们心里。格尤家的厨间如同一个酒吧，是开放式的。我们坐在客厅的沙发上，就可以看见格尤在厨间忙活。据说格尤有五个孩子，四个儿子，一个女儿。最大的孩子二十四岁，最小的孩子才四岁。我们不知道格尤的年龄，她至少有四十多岁。美国的妇女肥胖者居多，一进入中年，体态就有些臃肿。格尤是一个例外，她下穿牛仔裤，上穿高领毛衣，头发挽在头顶，一副很精干的样子。看得出，格尤是一个热爱劳动的人，劳动使她容光焕发，也让她身手矫捷。格尤的厨艺不错，她烤制的嫩鸡黄朗朗的，外焦里嫩，的确很好吃。我们用刚刚学到的两句英语，一再向她发起恭维，夸烤鸡的味道太棒了，她的厨艺太棒了，她本人也太棒了！格尤对我们微微笑着，一再说谢谢，谢谢！

我注意到，格尤的性格是内敛的，她的笑优雅而有节制，好像有一点儿羞涩，还有那么一点儿忧郁。格尤的睫毛长长的，眼睛是蔚蓝色的。当她的眼睛向下看时，长长的睫毛仿佛为秋水一样的眼睛投下一片阴影。我隐隐觉得，格尤有话要对我们说，但因语言上的障碍，她的话没能说出来。话没能说出来，她像是怀有心事一样。格尤的生活如此优裕，还有什么放不下的心事呢？

过了几天，格尤又让人给我们捎话，要请我们看一个电视片。我们问是什么电视片，捎话的人说，可能是美国的一个风光片吧！格尤家的农场在另外一个挺远的地方，她独自驱车一百多公里，特意请我们看电视片。在看电视片之前，格尤再次请我们吃饭。她打听到我们爱吃面条，给我们每人煮了一碗热腾腾的汤面。晚上八点，电视片准时播出。所谓电视片，原来是电视台播放的一档节目，是一个纪录片。纪录片的内容，是展示全球气候变暖之后南极冰川融化的过程。冰川本来是一个巨大而美丽的整体，现在却烂得千疮百孔，到处都是空洞。那些空洞都很深，深得像无底洞一样。拍摄纪录片的人需要穿上防滑的冰鞋，腰间系上很长的尼龙绳子，才能下到深洞的半腰。冰洞的壁上也有洞，那些洞口正哗哗地向外蹿水。如果冰川也有血管和血液的话，那些蹿出来的水恰似冰川的血管破裂而流出的血液，让人触目惊心。冰川连绵起伏，像一座座山峰。由于冰川融化，基础遭到破坏，“山峰”轰然倒下，倒向大海。当冰川坍塌激起排空的海浪时，那悲壮的一幕给人一种毁灭之感。无数座冰川倒向海里，就把海平面提高了。海水大面积涌向人类赖以生存的土地和家园，于是人们纷纷逃离。

纪录片看了一半，我就知道格尤的用意了。我悄悄回头看了看格尤，见格尤看得十分专注。她手上端着小半杯红葡萄酒，看片子期间，她就那么一直端着，像是忘了喝。她表情凝重，看到紧张处似乎还有些惊悚。看完纪录片，格尤通过翻译告诉我们：我知道你们是作家，会写文章，希望你们写写环境保护方面的文章，呼吁全世界的人都来爱护我们的地球，保护我们的地球。格尤终于说出了她要对我们说的话，她看着我们，神情是那样恳切。我当即表态说：“好的，好的，我们一定尽力而为。”

我们生于地球，长于地球，日日夜夜在地球上生活，一分一秒都离不开地球。可作为地球上的普通居民，有多少人真正关心过地球的现状呢？有多少人对地球的变化忧心忡忡呢！也许我们觉得地球太大了，大得我们心里装不下它。也许地球离我们太近了， 反而觉得它离我们很远。也许我们对地球太熟悉了，对太熟悉的事物我们往往不愿多看它一眼。格尤不是这样，在格尤眼里，地球好比是她家的一只皮球，她要经常把皮球摸一摸，拍一拍；地球好比是她家的一只宠物，一只猫，或一只狗，她对宠物宠爱有加，不允许别人对宠物有半点伤害。宠物若有一个好歹，她会很心疼的。格尤以保护地球为己任，她的胸怀是真正胸怀全球的胸怀。

须知格尤并不是什么官员，也不是什么环保专家，她只是一位普通的家庭妇女，或者说她只是一个农妇啊，她不愁吃，不愁穿，地球的冷暖关她什么事呢？格尤偏不，她就是要把地球和自己联系起来，就是要关心地球的事。我们习惯说天塌砸大家，格尤会说，天塌砸我。我们说天塌大家顶，按格尤的负责态度，格尤会说，天塌她来顶。知道了格尤的环保意识和她对地球的责任感，我对她肃然起敬。我不该叫她地主婆，应该叫她地球婆才是。

2009 年 4 月 29 日于北京和平里

没电视的日子

吃过晚饭，我们全家坐在沙发上正看电视，荧屏上的新闻画面突然中断了，出现一片空白。这种情况以前也有过。我说是电视台的毛病，一会儿就好了。可过了一会儿，画面没有恢复。摁摁别的台，都没有反应。完了，看来是电视机坏了。

我们家的彩电已服役12年多了，属于早该淘汰的产品。电视坏了，全家人并不怎么感到惋惜，个别成员还流露出“总算坏了”的表情。我们开始议论买什么牌子的新彩电，是画王、牡丹，还是长虹。老彩电就在对面电视柜上面蹲着，仿佛已经成为弃物，家人在兴致勃勃地议论新彩电时，一时无人顾及它低落的情绪。当初这台快乐牌彩电是我们人托人才买到的，它与我们朝夕相伴十多年，曾带给我们不少快乐。妻子后来大概想到了这一点，她说不行，这台彩电还要请人修一修，只要能修出人影来就继续看，直到看不见人影为止。我对妻子的意见表示完全赞同，主动把请人修电视机的任务承担下来。没电视可看，我走到卧室，喊妻子过来给我讲个故事听。妻子说她没什么故事好讲。我说，讲讲你下乡时候的事吧。妻子说，他们刚到农村时，十几个知青在一个大锅里吃饭。他们不会用稻草烧锅，担心火灭，接二连三往锅底续稻草，把灶膛塞得满满的，以致没了氧气，明火一次次被窒息。他们被烟熏得眼泪横流也点不着火，只得拉出稻草，重划火柴点燃。烧一次锅，他们差不多要用去半盒火柴。更为可笑的是，望着一大锅生水他们有些发愁，要烧多长时间才能烧开呢？于是，烧锅的同学一会儿掀开锅盖看一次。别的着急吃饭的同学也走马灯似的轮番掀开锅盖看。看过的同学都很失望，怀疑农村的铁锅太厚，烧稻草不顶事。当地的老农看见他们老掀锅盖，说你们这样不行，锅里刚闷住一点儿热气儿就被你们放跑了。你们得存住气，锅里才能存住气。他们听从老农的指点，“不怕锅不滚，只要底火烧得紧”，一会儿就把水烧开了。我对妻子说，你讲的故事很好，我都“看”见了，比电视好看。

原来我们家住在建国门外的灵通观，离日坛公园比较近。那时我们家还没买电视机，而日坛公园常放露天电影。每逢周末，我们就去日坛公园看露天电影。夏秋之际，在习习晚风中，闻着满园的草香看电影，不能说不是一种享受。《花为媒》《女驸马》等好几部电影，我都是第一次在日坛公园看到的。有一个星期六的晚上，我和妻子带着女儿跑到中山公园去看露天电影。那天看的什么电影我忘记了，只记得看完电影后，天下起了暴雨。我们只带了一把伞，我背着女儿，妻子为我们打伞，我们冒着大雨往家赶。大雨如注，空旷的天安门广场顿时白水漫漫，成了一片汪洋。华灯在雨幕中若隐若现。那时公共汽车已经停了，我们在雨中走了一个多小时才到家。除了睡着的女儿，我和妻子的衣服都湿了大半截。后来我和妻子多次回忆起我们渺小的一家三口在大雨中的天安门广场行走的情景，可见它给我们留下的印象多么深刻。买了电视机后，我们再也没去看过露天电影。好像公园里也不放露天电影了。

无电视可看，我想最着急的应该是我儿子。放暑假之后，他几乎天天与电视为伍。有时我往家里打电话，听筒里乱七八糟，那是儿子在看着电视接电话。下班回家，还没进门，就听见屋里许多人在说话，那也是电视里发出的声音。除了看电视，儿子还租来录像带，招同学在家里看录像，一看就是半天。儿子本来爱画画，由于看电视占去了时间，有一幅画他几天都没画完。我借电视机的口吻对儿子说，电视机跟我说了，你们家有个小子特爱看电视，一天到晚守着我，把学习都耽误了。为了让那小子利用宝贵时光好好学习，我只好做出自我牺牲。儿子笑了。

第二天我下班回家，儿子马上拿出一幅刚画完的画给我看。我很欣喜，连夸不错。我跟妻子说，你看，还是电视机坏了好，一无电视可看，儿子就把注意力转移到学习上去了。可以说自从买了电视机，全家人十几年晚上的时间几乎都搭给它了。电视机的开关仿佛是一个门，门一开，一群人就入侵似的蜂拥进来，大人小孩儿，男人女人，好人坏人，中国人外国人，啥人都有。他们一进来就不安生，就可劲儿地闹腾。我们只能傻看着他们，对他们一点儿办法也没有。电视机一坏，好像把家门关严了，外人再也进不来。这真是难得的安静。吃过晚饭，我们可以聊天，可以出去散步，可以看报纸杂志。在白天，儿子开始看我刚写完的一部长篇小说的打印稿，而且看得饶有兴致。我有些窃喜，觉得没电视的日子真好。

几天之后，妻子和儿子都耐不住了，他们说没电视看太难受了，催促我赶快请人修电视机。妻子似乎看出我有意拖延修电视机的时间，限我必须在哪一天修好，否则她就去买一台新彩电。我想好了一个拖延下去的理由，说我准备写一篇文章，题目叫《没电视的日子》，你们得配合我。要是电视机修好，我就找不到写作的感觉了。现在文章已写完了，电视机恐怕很快就要重新加入我们的生活了。真叫人没办法。

月 光 记

从开罗前往埃及南部城市阿斯旺，需乘坐一夜火车。是夜，我独自享用一个小小包厢。睡至半夜醒来，抬头望见车窗外的天空挂着大半块月亮。月亮是晶莹的，无声地放着清辉。我素来爱看月亮，便坐起来，对月亮久久望着。列车在运行，大地一片朦胧。而月亮凝固不动似的，一直挂在我的窗口。我观月亮，月亮像是也在观我，这种情景给我一种月亮与我两如梦的感觉。

我有些走神儿，想到了故乡的月亮，想到月光在我家院子里洒满一地的样子。清明节前，我回老家给母亲烧纸。晚上，只有我一个人在院子里坐着。一轮圆圆的月亮蓦然从树的枝丫后面转出来了，眼看着就升上了树梢。初升的月亮是那般巨大，大得有些出乎我的意料。不必仰着脸往天上找，甚至不用抬头，好像月亮自己就能碰在我眼上了。随着月亮渐升渐高，皎洁的月光便洒了下来。没有虫鸣，没有鸟叫，一切是那样静谧，静得仿佛能听见月光泼洒在地上的声音。地上的砖缝里生有一些蒲公英，蒲公英正在开花。因月光太明亮了，我似乎能分辨出蒲公英叶片的绿色和花朵的黄色。

我相信，我在埃及看到的月亮，就是我们家乡的那个月亮。我还愿意相信，月亮是认识我的，我到了埃及，它便跟着我到埃及来了。可是，埃及在非洲的北部，离我们家乡太远太远了啊！远得隔着千重山，万重水，简直像是到了另外一个充满神话的世界。家乡离埃及如此遥远，月亮是怎么找到我的呢？是怎样认出我的呢？月光是不是有着普世的性质，在眷顾着地球上的每一个人呢？由此我想到普遍这个词。这个词不是什么新词，几乎是一个俗词，但我觉得用普遍修饰月光是合适的，是不俗的。试想，就月光的普遍性而言，除了阳光和空气，还有什么能与月光作比呢？其实，对于月光的普遍性存在，我们的前人早就注意到了，并赞美过了。李白说的是：“今人不见古时月，今月曾经照古人；古人今人若流水，共看明月皆如此。”苏东坡说的是：“但愿人长久，千里共婵娟。”只不过，李白是从纵的方面说的，苏东坡是从横的方面说的，他们以对人类生命大悲悯的情怀，从纵横两方面把月光的普遍性和永恒性诗意化了。

月光是普遍的，也是平等的。月光对任何人都不偏不倚，你看见了月亮，月亮也看见了你，你就得到了一份月光。人类渴望平等，平等从来都是人类追求的目标。可是，由于这样那样的原因，人类从来就没有平等过。凡是有人类的地方，就同时存在着三六九等的等级差别。从权利上分，人被分为官家、平民；从财富上分，人被分为富人、穷人；从门第上分，人被分为贵族、贱民；从智力上分，人被分为聪明人、傻子；从出身上分，人被分为依靠对象、团结对象和打击对象；从职业上分，人被分为上九流和下九流；连佛家把世界分为十界的人界中，也把人分为富、贵、贫、贱四个等级。“遍身罗绮者，不是养蚕人。”“朱门酒肉臭，路有冻死骨！枯荣咫尺异，惆怅难再述。”这些都是等级差别的真实写照。然而，月光不分这个那个，她对万事万物一视同仁。月光从高天洒下来了，洒在山峦，洒在平原，洒在河流，洒在荒滩，也洒在每个人的脸庞。不管你住别墅还是栖草屋，不管你一身名牌还是衣衫褴褛，不管你是笑脸还是泪眼，她都会静静地注视着你，耐心地倾听你的诉说。月亮的资格真是太老了，恐怕和地球的资格一样老。月亮的阅历真是太丰富了，人世间所发生的一切，她什么没看到呢？月光就是月亮的目光，正因为她看到的人间争斗和岁月更迭太多了，她的目光才那样平静、平等、平常。月亮的胸怀真是太宽广了，还有什么比月光对万事万物更具有包容性呢，还有什么比月光更善待众生呢？

我突发奇想，哦，原来文学与月光有着同样的性质和同样的功能，或者说月光本身就是自然界中的文学啊！阳光不是文学，阳光照到月球上，经过月球的吸收、处理，再反射到地球上，就变成了文学。阳光是物质性的，月光是精神性的；阳光是生活，月光是文学。阳光和月光的关系就是现实生活与文学创作的关系。阳光是有用的，万物生长靠太阳，世界上任何物质所包含的热量和能量都是阳光给予的。月光似是无用的，在没有月光的情况下，人们照样可以生存、生活。然而，且慢，月光真的连一点儿用途都没有吗？真的可有可无吗？当你心烦气躁的时候，静静的月光会让你平静下来；当你为爱情失意的时候，无处不在的月光会一直陪伴着你；当月缺的时候，你内心会充满希望；当月圆的时候，会引起你对亲人的思念。当你久久地仰望着月亮，你会物我两忘，有一种灵魂飞升的感觉。当你欣赏了阳刚之美，不想再欣赏一下月亮的阴柔之美吗？当你想到死亡的时候，是不是会认为阴间也有遍地的月光呢？太阳为阳，月亮为阴；白天为阳，夜晚为阴；正面为阳，背面为阴；男人为阳，女人为阴；阳间为阳，阴间为阴；等等。有阳有阴才构成了世界，阴阳是世界相对依存的两极。正如这个世界少不得女人一样，月光还真的是少不得呢！

同样的道理，只要人类存在着，文学就不会死亡。我愿以我的小说，送您一片月光。

2008 年 3 月 24 日于北京和平里

悠悠水韵

我对开封心怀敬畏。早就想写一点对开封的感受，迟迟未能动笔。七朝古都，文化名城。开封的历史文化太过厚重，我找不到撬动开封的支点，不知从哪里写起。我曾想过写一写汴菊、汴绣和官瓷。这几样由来已久的生活艺术，都是重造型、重细节、重想象、重韵味，与文学创作颇多相通之处。从物质文化的传承方面来理解，这几种文化式样也是高雅的线索，循此可以触摸到开封生生不息的文脉和气脉，并可进一步探讨开封人气定神闲、自信超然的心理渊源。然而我想来想去，觉得切入点还是有些小了。无论写哪种工艺品，品相无论怎样巧夺天工，似乎都缺少统摄全局的力量，不及巍巍开封之万一。罢罢罢，还是等等再说吧。

2007 年 10 月中旬，开封市举办菊花花会期间，中国作家协会组织了一次中国作家看开封活动，我有幸忝列其中。一天晚上，东道主安排我们到清明上河园看一场大型演出。舞台搭建在水中，是开放式的，也是多元的。我们就坐在露天的水边看演出。水面很宽阔，像是一个湖泊。演出开始前，灯光没有打开，水面有些发黑，一切都静悄悄的。秋风从水上掠过，袭来阵阵凉意。我偶尔看见，水底有半块月亮。举头往天上看，天上也有半块月亮。水底的月亮与天上的月亮正交相辉映。这种景象给我一种旷远的感觉。我灵机一动，有了，写开封应当从水写起呀！上善若水。水水相因。水，贯穿开封古今，是开封的一大特色。水，是开封的灵气之所在，也象征着开封明净而不屈的魂魄啊！

开封水系发达，水脉旺盛，被称为北方水城。据史料记载，古代的开封有牧泽、逢池、寸金淀等湖泊。宋代的开封更是河流纵横，为全国水运中心。现在的开封，有惠济河、北支河、护城河在市区穿流。市内还有杨家湖、潘家湖、铁塔湖、阳光湖、包公湖，五湖相连。开封的水面积所占城区面积的比例，在北方城市中实属罕见。所谓“一城宋韵半城水，半园烟柳半清波”，就是对开封水景的描绘与赞美。2000 年春夏，为陪护生病的母亲，我在开封住了数月，对开封充沛的水源有所目睹。城郊的农人在地里刨藕，同时会刨出活蹦乱跳的泥鳅。在一块看似无水的荒地上，苇芽钻出来了，莲叶也铺展开来，举起朵朵莲花。数日前还是一块草地，还有长着巨乳的奶牛在那里吃草。数日后再到那里去看，草地已变成盈盈的水塘，有水鸟从水塘上方倏地扎下，长嘴里旋即叼出一条银色的小鱼。

“问渠那得清如许？为有源头活水来。”开封的水源自然来自城北不远处的滔滔黄河。自明代以来，“大河涛声”就成为开封八景之一。黄河从西边冲出邙山之后，落差骤然变小，河面逐渐变宽，致使泥沙大量沉积。至今，开封段的黄河河床，已高出开封地表将近10米，居高临下，形成“悬河”之势。换句话说，黄河好像是开封的一个取之不尽、用之不竭的水塔，开封的水分哪能不充沛呢！

不必讳言，黄河水也曾给开封人民带来过无数次的灭顶之灾。仅在明代，黄河就在开封辖区内决口58次，两次水淹城区。最严重的一次，“波中可见者，惟钟鼓两楼及各王府屋脊、相国寺顶、周王紫禁城、上方寺铁塔而已”“六百里尽成区浸”“房屋尽倾，邑无居人”。然而开封人又回来了，在被泥沙埋没的城址上又建起一座新城。开封被淹一次，他们就重建一次。10米以下，有完整的明代石桥；8米以下，有庞大的宋代东京。城叠城，城摞城，堪称世界奇迹。正是在这种屡毁屡建的过程中，造就了开封人愈挫愈勇、坚忍不拔的精神品质，也体现了中华文化中与物无争、随物赋形的水性文化和水性智慧。

目前的世界，局部战争不断。究其原因，多数战争不过是为了争夺和占有资源。以前，人类看重的资源多是土地和矿产。随着地球气候变化，人口不断增加，以及人类对淡水的需求量越来越大，水越来越成为一种宝贵的资源。在我国西部，有的古城因没了水，只剩下千年遗址。在我国北方，有的城市因水资源枯竭，也濒临死城的边缘。而得天独厚的水资源，无疑是开封的一大优势。岁月流逝，水韵悠悠。开封兴利避害，发挥优势，必将迎来更滋润、更美好的明天。

2008 年 2 月 18 日于北京

黄 梅 少 年

2007 年秋天到湖北看黄梅，转眼一年过去了。每每想起黄梅之行，有一件小事萦绕于心，不记下来像欠了一笔账似的。不是欠别人的账，是欠自己的。

那天上午参观四祖寺。四祖认为，修行并不神秘，日常生活就是修行，种田就是修行。一边种田，一边修行，自食其力，方可修行得好。我受到启示，想到写作也是一种修行。修行需要静心、安心、专心，一个人一辈子只干好一件事就行了。这与写作的道理是相通的。

接着参观毗庐塔。据说此塔建于唐代，是四祖寺前唯一一座唐代建筑遗存，不可不看。我们拾阶而上，一座方形的白塔赫然矗立在我们面前。同行的朋友们，有的驻足对塔仰视，有的绕着塔转，有的选角度在塔前照相，我却一眼看到塔侧松树下的一位少年。松树根部建有水泥方池，那少年在池沿边靠坐着。我走过去一看，见少年用短扁担挑了两个蛇皮塑料袋子，一个袋子里装满香品，另一个袋子里装的是矿泉水之类的饮料。显然，这些东西都是准备卖给香客和游客的，我们走过来时，已经看见有人在路边摆开了摊子，在卖同样的东西。可是，少年为何躲在一边，不把东西拿出来卖呢？我猜，少年可能在等一个人，等的人十有八九是他的奶奶，等奶奶来到之后，由奶奶把东西拿出来卖。我猜得没错，一问，少年果然是在等他奶奶。他们家离这里比较远，又都是山间小路，他挑着担子走得快，奶奶走得慢，他就提前到了。秋季开学后，少年刚上小学四年级。这天是星期六，少年不上课，就帮奶奶挑东西上山。少年的眉眼挺清秀的，只是有些瘦弱，脸色也有些发黄。

初小玲也过来了，俯着身子，关切地看着少年，轻声和少年交谈。少年很羞怯的样子，初小玲问一句，他就答一句，不问，他就不说话，还低着头，低着眉，不敢看人。我听出来了，少年的父母都在杭州打工，家里剩他一个人，只好跟着奶奶过活。在我国农村，目前有数以千万计的留守少年儿童，这位少年无疑是其中的一个。我的老家也在农村，对农村留守儿童的情况知道一些。在我二姐那村，有一个孙子留给爷爷看管。一天午后，孙子掉进水井里淹死了。爷爷把孙子放到床上，搂着孙子，自己喝下农药也死了。还有一个当奶奶的，腿上有残疾。听说孙子掉进了河里，她一边往河边爬，一边喊人救她的孙子。孙子被人送到医院抢救，奶奶已在家里准备好了农药，一旦孩子救不活，她也不活了。幸好，孙子被救过来了，奶奶才没有死。没有死的奶奶接着看孙子。想想那些留守儿童，看看眼前这位从小就不能和父母生活在一起的少年，我心里一酸，泪水顿时涌满了眼眶。我控制着，没让眼泪流出来。一个人老大不小了，动不动就流眼泪，显得感情太脆弱，也容易让朋友们笑话。

少年的奶奶还没来，我有些等不及了，想帮少年的生意开一下张。我问他矿泉水卖不卖，他说卖。我指着一瓶娃哈哈矿泉水，问多少钱一瓶。他说两块。我给了他两块钱，他给我拿了一瓶矿泉水。我自己买一瓶少了点，还想帮少年推销。我问孙郁喝不喝水，孙郁把手中的矿泉水瓶举了一下，说他已经有了。孙郁瓶中的矿泉水所剩不多，他很快领会了我的意思，三口两口把水喝完，把空瓶给了少年。少年面露欣喜，很快把瓶子接过去了。看得出来，少年知道空瓶子也能卖钱，他对空瓶子是在意的。我见陈戎没拿矿泉水，把她喊过来，执意给她买一瓶。娃哈哈矿泉水没有了，只有纯净水。我问少年："纯净水也是两块钱一瓶吧？"我这样问，若是生意油子会顺水推舟说，是的。可少年说："不是，纯净水一块五一瓶。"我没有零钱，照样掏出两块钱给少年。少年也没有零钱找给我，他的样子有些为难。我说："算了，不用找了，就算也是两块钱一瓶吧。"

绕过毗卢塔往上走，山上还有更高的建筑。我们登到高处，举目远眺，见天是那么蓝，云是那么白，山是那么青，水是那么绿。山下有大块的棉田，棉田里开遍了温暖的花朵。田埂上有水牛在吃草。乌鸦翩然飞来，落在水牛背上。乌鸦一落在牛背上，似乎就凝固下来，凝成了一幅画。在河边和水渠边，妇女们在那里洗衣、漂衣。他们洗好的衣物，就手展开，搭在岸边丛生的茅草上晾晒。在秋阳的照耀下，那些衣物五彩斑斓，十分亮丽。山上种了许多橘子树，橘子已经熟了，绿中带黄的累累硕果压弯了枝头，几乎坠到地上。黄梅真是一个美丽的地方，难怪禅宗的前三位祖师四处云游，没有固定居所，直到四祖、五祖才在黄梅选址建寺，有了弘扬佛法的固定场所。

我们下山原路返回。走到塔前的一个摊位边，一位老奶奶拦住了我。我正不知怎么回事，老奶奶说："你买水多给了五毛钱，我孙子告诉我了。不找给你钱了，给你几个橘子吧！"说着，两手各抓着两个大橘子往我手里塞。我一看，可不是嘛，那少年正站在摊位后边不声不响地看着我。我不能接受老奶奶给我的橘子。再说，五毛钱也值不了这么多橘子呀。我连说不要不要，我们已经买了橘子。紧走几步，把老奶奶躲开了。

走了一段回头看，那少年还站在那里看着我。不难想象，少年的奶奶一赶到，少年就把我多付了五毛钱的事对奶奶讲了，而后，少年哪里都不去，一直在那里等我。一看到我，他就把我指出来了。

这个黄梅少年啊，让人怎能忘记你呢！

2008 年 10 月 8 日于北京

从写恋爱信开始

我的小说处女作发表在《郑州文艺》1978 年第 2 期。写这篇小说的时间更早一些，是 1972 年的秋天。从写完到发表，中间隔了 6 年。有朋友会问，一篇小说的发表怎么拖了这么长的时间？

那时，我在河南一座煤矿的支架厂当工人。因恋爱的事，闹出了一些小小的不愉快。我们的恋爱很正常，并没做什么出格的事。可当时的“气候”很不正常，人家说我们被资产阶级的香风吹晕了，掉到泥坑里去了，要拉我们一把。拉的办法就是批判我们。为了找到批判所需的材料，人家把我写给女朋友的信和诗也要走了。我和女朋友虽然在一个厂，但我愿意给她写信，愿意用文字表达我的心情。除了写信，我还给她写一些断开的短句，也可以说是诗吧。那些诗并不是直接赞美女朋友，主要是写山川的秀丽，表达对大自然的热爱之情。我们厂附近有高高的伏牛山，有深深的山沟。春来时，残雪还未化尽，我们一起踏雪去寻访黄灿灿的迎春花；秋天，我们一起到山沟里摘柿子，摘酸枣，到清澈见底的水边捉小虾；初冬，我们登上山的最高处，聆听千年古塔上的风铃声，眺望山下一望无际的麦田。从山里回来，美好的印象还保留在脑子里，让人感到一种愉悦的滋味。突然想到，何不试着把美好的感受写出来呢？于是就趴在床上以诗的形式写了起来。那时脑子可真好使，出手也快，也就是人们说的文思如泉涌吧，一会儿就写了好几页，恐怕一百行都不止。写完了甚为得意，就拿给女朋友看。女朋友读得小脸通红，一再说好。她也说不出好在哪里，只是说好。得到第一个读者，也是唯一一个读者的赞赏，我来劲了，写得更多，多了就送给她邀赏。女朋友很珍视地将这些手稿一一收藏起来，时间不长就攒下了一大摞。

车间指导员在批判我时，说了一句使我深感惊异的话，以致我把别的长篇批判的话都忽略了，只记住了这一句话。指导员说我写的东西充满了小资产阶级情调，加在一起简直就是一部黄色小说。当时我脑子里放光似的闪了一下，心想，我难道会写小说？他说我写的东西是黄色的，我一点儿也不在意，因为我心里有底，知道自己写的东西非常纯洁，连亲呀爱呀情呀这样的字眼儿都没有。不但格调不低，好像还很“革命”。我重视的是他说的“小说”这两个字。在此之前，我从没敢想过要写小说，从没有意识到自己有写小说的天赋，是人家批判的话从反面提醒了我，在我心里埋下了从事小说创作的种子。

批判我们毕竟是瞎胡闹，很快就过去了。但不能不承认，是批判巩固了我们的爱情，使我们的爱情经历了阻挠和波折，有了风雨同舟的意思。冷静下来后，我想得多一些。我问自己：你有什么可爱的？因你父亲的历史问题，你不能当兵，不能入党。你父亲早故，母亲领着你们兄弟姐妹五个过日子，家境很不好，你不过是一个穷人。我想到了自己的今后，想到了作为一个男人的责任。为了使自己在精神上胜过别的男人，为了不让自己所爱的人失望，自己应该有所作为。除了干好自己的本职工作，还应在业余时间为自己的生命派一些别的用场。于是我选择了写小说。以前我虽然没写过小说，但我写过别的。我在农村老家时给县里广播站写过几篇稿子，都广播了。在厂里宣传队，我还写过对口词和一个小豫剧。这些都为我写小说打下了一些基础。当时书店里没有小说卖，无从借鉴。我的破木箱里虽然藏有一本《红楼梦》，但和时尚相去甚远，一点儿也用不上，只好瞎写。写完一篇小说我心里打鼓，这是小说吗？给女朋友看，她说真好。当时没有文学刊物，或许有，我们在山沟里看不到。小说没地方寄，我就敝帚自珍，存在箱子里。写了东西没地方发，积极性很难维持。我不写小说了，调到矿务局宣传部后，我就写通讯报道。通讯工作给我提供了广阔的天地，使我有机会走遍矿区各个角落，下遍全局各个矿井，有机会接触更多的人。我喜欢写人物通讯，写了不少，为后来的创作积累了不少素材。

说话到了 1978 年，各地的文艺刊物相继办起来了。我看到一本《郑州文艺》，上面有小说、散文、诗歌等。我马上想到了沉睡箱底的那篇小说，翻出来看了一遍，觉得和刊物上发表的小说比也不差。我稍微改了一遍，抄清，就寄走了。我将稿件寄出后并没有整天挂在心上。那时，我正扑在新闻工作上，一心想当记者。不料编辑部很快来信，认为小说不错，准备采用。我把这消息赶快告诉我爱人（我们已结婚，并有了一个女儿），她高兴得脸都红了。现在看来，这篇小说写得很一般。但六年前写的第一篇小说就发表了，而且还是当期刊物的头一篇，对我的鼓舞和推动力之大是可想而知的。同年，我调到了北京，在一家煤矿工人杂志社当编辑。

1980年3月，我在《奔流》发表了第二篇小说《看看谁家有福》，因这篇小说描述“三年严重困难时期”的一些真实的生活情景，在读者中引起了很大反响和争议。几种不同观点的评论在刊物上连续发了两三期。此后，美国的一位汉学家把这篇小说翻译到了美国。《剑桥中华人民共和国史》（1966—1982）还为这篇小说列了一条。对这篇小说的批评，给我思想上造成了一些压力，但并没有减低我的创作热情，反而激发了我执拗的创作意志，使我在创作上更加自觉和勤奋，并逐步建立了自信。

从发表处女作至今，我业余从事文学创作已二十多年了，发表了将近三百万字的文学作品。我的创作主要取材于农村生活和煤矿生活，这是我比较熟悉、感受比较深切的两个题材领域。我创作的目的主要是给人以美的享受，希望能够改善人心，提高人们的精神品质。我对自己的创作意志充满自信，会在文学创作的道路上义无反顾地走卜去。

在夜晚的麦田里独行

已经是后半夜，我一个人向麦田深处走。

人在沉睡，值夜的狗在沉睡，整个村庄也在沉睡，仿佛一切都归于沉静状态。麦田上空偶尔响起布谷鸟的叫声，远处的水塘间或传来一两声蛙鸣，在我听来，它们迷迷糊糊，也不清醒，像是在发癔症，说梦话。它们的“梦话”不但丝毫不能打破夜晚的沉静，反而对沉静有所点化似的，使沉静显得更加深邃，更加遥远。

月亮悄悄升了起来。月亮的亮度与我的期望相差甚远，它看上去有些发黄，还有些发红，一点儿都不清朗。我留意观察过各个季节的月亮，秋天和冬天的月亮是最亮的，夏天的月亮质量总是不尽如人意。这样的月亮也不能说没有月光，只不过它散发的月光是慵懒的，朦胧的，洒到哪里都如同罩上了一层薄雾。比如月光洒在此时的麦田里，它使麦田变成白色的，有些模糊，我可以看到密匝匝的麦穗，但看不到麦芒。这样的月光谈不上有什么穿透力，它只洒在麦穗表面，麦穗下方都是黑色的暗影。

我沿着一条田间小路，自东向西，慢慢向里边走。说是小路，在夜色里几乎看不到有什么路径。小路两侧成熟的麦子呈夹岸之势，差不多把小路占严了。我每往里走一步，不是左腿碰到了麦子，就是右腿碰到了麦子，麦子对我深夜造访似乎并不是很欢迎，它们一再阻拦我，仿佛在说："深更半夜的，你不好好睡觉，到我们这里来干什么！"窄窄的小路上长满了野草，随着麦子成熟，野草有的长了毛穗，有的结了浆果，也在迅速生长，成熟。我能感觉到野草埋住了我的脚，并对我的脚有所纠缠，我要趟着野草，不断摆脱羁绊才能前行。面前的草丛里陡地飞出一只大鸟，在寂静的夜晚，大鸟拍打翅膀的声音显得有些响，吓了我一跳，我不知不觉停了下来。我不知道大鸟飞向了何方，一道黑影一闪，不知名的大鸟就不见了。我随身带有一支袖珍手电筒，我没有把手电筒打开。在夜晚的麦田里，打手电是突兀的，我不愿用电光打破麦田的宁静。

我们家的墓园就在村南的这块麦田里，白天我已经到这块麦田里看过，而且在没腰深的麦田里伫立了好长时间。自从 1970 年参加工作离开老家，四十多年过去了，我再也没有在麦子成熟的季节回过老家，再也没有看到过大面积金黄的麦田。这次我特意抽出时间回老家，就是为了再看看遍地熟金一样的麦田。放眼望去，金色的麦田向天边铺展，天有多远，麦田就有多远，怎么也望不到边。一阵风吹过，麦浪翻成一阵白金，一阵黄金，白金和黄金在交替波涌。阳光似乎也被染成了金色，麦田和阳光在交相辉映。请原谅我反复使用金这个字眼儿来形容麦田，因为我想不出还有哪个高贵的字眼儿可以代替它。然而，如果地里真的铺满黄金的话，我不一定那么感动，恰恰是黄土地里长出来的成熟的麦子，才使我心潮激荡，感动不已。那是一种生命的感动，深度的感动，源自人类原始的感动。它的美是自然之美，是壮美、大美和无言之美。它给予人的美感是诗歌、绘画、音乐等艺术形式所不能比拟的。

因为白天看麦田没有看够，所以在夜深人静时我还要来看。白天为实，夜晚为虚；阳光为实，月光为虚。我想看看虚幻环境中的麦田是什么样子的。站在田间，我明显感觉到了麦田的呼吸。这种呼吸在白天是感觉不到的。麦田的呼吸与我们人类的呼吸相反，我们吸的是凉气，呼的是热气，而麦田吸进去的是热气，呼出来的是凉气。一呼一吸之间，麦子的香气就散发出来。麦子浓郁的香气是原香，吸进肺腑里让人有些微醉。晚上没有风，不见麦浪翻滚，也不见麦田上方掠来掠去的燕子和翩翩起舞的蝴蝶。仰头往天上找，月亮升高一些，还是暗淡的轮廓。月亮洒在麦田里的不像是月光，满地的麦子像是铺满了灰白的云彩。一时间，我产生了错觉，以为自己站在云彩里，在随着云彩移动；又以为自己也变成了一棵小麦，正幽幽地融入麦田。为了证明自己没变成小麦，我掐了一颗麦穗儿在手心里搓揉。麦穗儿湿漉漉的，表明露水下来了。露水湿了麦田，也湿了我这个从远方归来的游子的衣衫。我免不了向墓园注目，看到栽在母亲坟侧的柏树变成了黑色，墓碑楼子的剪影也是黑色。

从麦田深处退出，我仍没有进村，没有回到我一个人所住的我家的老屋，而是沿着河边的一条小路，向邻村走去。在路上，我想我也许会遇到人。夜行的人有时还是有的。然而，我跟着我的影子，我的影子跟着我，一个人都没遇到。河上有一座桥，我在那座桥上站住了。还是在老家的时候，也是在夜晚，我曾和邻村的一个姑娘在这座桥上谈过恋爱，那个姑娘还送给我一双她亲手为我做的布鞋。来到桥上，我想把旧梦回忆一下。桥的位置没变，只是由砖桥变成了水泥桥。桥下还有水，只是由活水变成了死水。映在水里的红月亮断断续续的，被拉成红色的长条，青蛙在浮萍上追逐，激起一些细碎的水花儿。逝者如斯，那个姑娘再也见不到了。

到周口市乘火车返京前，我和作家协会的朋友们一块儿喝了酒。火车开动了，我还醉眼蒙眬。列车在豫东大平原的麦海里穿行，车窗外金色的麦田无边无际，更是壮观无比。我禁不住给妻子打了一个电话，说大平原上成熟的麦子是全世界最美的景观，你想象不到有多么好看，多么令人震撼……我没有再说下去，我的喉咙有些哽咽。

2014 年 5 月 26 日至 29 日于北京和平里

第二辑 亲情

父亲的纪念章

我写过一篇文章叫《母亲的奖章》，记述的是母亲当县里劳动模范的事。在纪念中国人民抗日战争胜利70周年之际，我该写一写父亲的纪念章了。父亲是一位抗战老兵。在这个世界上，如果他的子女不提起他，恐怕没人会记得我们的父亲了。以前，我从没想过要写父亲。父亲于1960年去世时，我还不满9周岁。父亲生前，我跟他没什么交流，父亲留给我的印象不是很深。因为我们父子年龄差距较大，我在很小的时候，就觉得父亲已经变成了一个老头儿。他不像是我的亲生父亲，像是一个与我隔辈的人。不熟悉父亲，缺少感性材料，只是我没想写父亲的次要原因。更主要的原因是，长期以来，父亲给我的心灵留下的阴影太大，或者说我对父亲的历史误会太深。别的且不说，就说我初中毕业后两次报名参军吧，体检都合格，一到政审就把我刷了下来。究其原因，人家说我父亲在国民党的军队里当过军官，属于“历史反革命分子”。一个反革命分子的儿子，人家当然不许你加入革命队伍。我弟弟跟我的遭遇是一样的，他高中毕业后报名参军，也是政审时被拒之门外。在当时强调突出政治和阶级斗争的情况下，国民党军官和历史反革命分子的说法足以压得我们兄弟姐妹低眉自危，在人前抬不起头来。

对于父亲的经历和身份，我们不是很了解。让我们不敢争辩的是，我们在家里的确看到了父亲留下的一些遗迹。比如有一次，惯于攀爬的二姐，爬到我家东间屋的窗棂子上，在窗棂子上方一侧的墙洞子里掏出一个纸包来。打开纸包一看，里面包的是一张大幅的黑白照片。照片上的人穿军装，光头，目光炯炯，一副很威武的样子。不用说，这个看上去有些陌生的男人就是我们的父亲。看到父亲的照片，像是看到了某种证据，我和大姐、二姐都有些害怕，不知怎样处置这样的照片才好。

母亲也看到了照片，母亲的样子有些生气。像是要销毁某种证据一样，母亲果断采取了措施，一把火把父亲的照片烧掉了。母亲的态度是决绝的，她不仅烧掉了这张照片，随后把父亲的所有照片，连同她随军时照的穿旗袍的照片，统统烧掉了。后来听母亲偶尔讲起，烧毁与父亲相关的东西，不是从她开始的，父亲还活着时自己就动手烧过。父亲刚从军队退休时，每年都可以领取退休金。领取退休金的凭证是一张张卡片，卡片上印的是宋美龄抱着小洋狗的精美图案。卡片是活页，连张，可折叠，可打开。折叠起来像一副扑克牌，一打开有一扇门板那么大。随着国民党政权撤离大陆，退居台湾，无处领取退休金的父亲就把那些卡片烧掉了。

那么，父亲的遗物一件都没有了吗？一个人戎马一生，可追寻的难道只有一座坟包吗？幸好，总算有两枚父亲佩戴过的纪念章，被保存了下来。也许是因为纪念章是金属制品，不大容易烧毁；也许是母亲不知道纪念章往哪里扔，担心被别人捡到又是事儿；也许是因为纪念章比较小，隐藏起来比较方便。不管如何，反正两枚纪念章躲过了一劫或多劫，一直存在着。纪念章先是由当过生产队妇女队长和县里学习毛主席著作积极分子的二姐保存。二姐出嫁后，趁我从煤矿回家探亲，就把两枚纪念章包在一方白底蓝花的小手绢里，交给了我。我把纪念章带到工作单位后，把纪念章夹在我参加工作后的第一本工作证里，仍用原来的手绢包好，放在箱底一角。之后我走到哪里，就把纪念章带到哪里。1978年开春，我从河南的一座煤矿调到了北京，就把纪念章带到了北京。

我没有忘记纪念章的存在，但我极少拿出来看。父亲的历史不仅影响了我参军，后来还影响了我入党，我对父亲的纪念章有一些忌讳。我隐约记得纪念章上有文字，却不敢辨认是什么样的文字。我的做法有一点儿像掩耳盗铃，好像只要我自己不去辨认，纪念章上的文字就不存在。纪念章的事情还考验着我守口如瓶的能力，妻子跟我结婚四十多年了，我从未对妻子提及纪念章的事，更不要说把纪念章拿给妻子看。妻子的父亲当年参加的是共产党领导的八路军，跟我父亲不在一个阵营。若是让妻子知道了我父亲的历史，我怕妻子不大容易接受。

进入 2015 年以来，随着中国人民纪念抗日战争胜利 70 周年的声浪越来越高，随着报刊上发表的回忆抗战的文章越来越多，随着一些网站发起的寻找抗战老兵活动的开展，5 月 17 日那天下午，望着办公室窗外的阵阵雷雨，我心里一阵激动，突然觉得到时候了，该把父亲的纪念章拿出来看看了。

我终于把父亲的纪念章看清楚了，一枚纪念章正中的图案是青天白日旗，纪念章上方的文字是“军政部直属第三军官大队”，下方的文字是“同学纪念章”。另一枚纪念章的图案是一朵金蕊白梅，上方的文字是“中央训练团”，下方的文字是“亲爱精诚”。纪念章像是被砖头或棒槌一类的硬物重重砸过，背面的铜丝别针，一个扁贴在纪念章上，一个已经没有了。可纪念章仍不失精致，仍熠熠生辉，像是无声地对我诉说着什么。

亏得有这两枚纪念章的存在，我才能够以纪念章上的文字为线索，追寻到了父亲戎马生涯的一些足迹。父亲刚当兵时还是一个未成年人，在冯玉祥的部队当号兵。冯玉祥的部队被整编后，父亲一直留在冯玉祥当年的得力干将之一孙连仲的部队。孙连仲是著名的抗日战争将领，率领部队在华北、中原一带的抗日战场上转战，参加了良乡窦店、娘子关、阳泉、信阳、南阳等抗日战役。

尤其在台儿庄大战中，孙连仲2万余人的部队在伤亡14000多人的情况下仍顽强坚守阵地，为最后的大捷赢得了时机。孙连仲也因此名载中华民族抗日史册。

可以肯定地说，我父亲作为孙连仲部下的一名军官，听从的是孙连仲的指挥，孙连仲的部队打到哪里，我父亲也会打到哪里。曾听随军的母亲讲过抗战的惨烈。母亲说她亲眼看见，一场战役过后，人死得遍野都是，像割倒的谷捆子一样。热天，腐败的尸体很快滋生了密密麻麻的绿头大苍蝇。有一次，母亲和随军转移的太太们乘敞篷卡车从战场经过时，绿头大苍蝇蜂拥着向她们扑去。为了驱赶疯狂的苍蝇，部队给每位太太发了一把青艾。她们的丈夫们在和日本兵作战，她们在和苍蝇作战。到达目的地时，她们把青艾上的叶子都打光了。经过那么多的枪林弹雨，父亲受伤是难免的。听二姐说，父亲的脚受过伤，大腿根也被炮弹皮划破过。父亲没有死在战场上，算是万幸。

抗战胜利后的1946年正月，母亲在部队驻地新乡生下了我大姐。有了大姐不久，母亲就带着大姐回到了我们老家。此时，担任了河北省政府主席的孙连仲，把他的部队从新乡调往北平。父亲本可以在北平继续带兵，但由于祖母对我母亲不好，母亲让人给父亲写信，强烈要求父亲退伍回家，如果父亲不回家，她就走人。为了保住妻子和孩子，父亲只好申请退伍。

父亲叫刘本祥，在部队时叫刘炳祥。在国民党的军官档案里，应该可以查到我父亲的名字。父亲生于 1909 年，如果活到现在应是 106 岁。要是父亲还活着就好了，我会让他好好跟我讲讲他的抗战经历，他的儿子手中有一支笔，说不定可以帮他写一本回忆录。然而，父亲已经去世 55 年，他已经走得很远很远了。

父亲，今年是中国人民抗日战争胜利70周年，您注意到了吗？您留下的两枚纪念章，我怎样还给您呢？

2015 年 6 月 12 日于北京和平里

母亲的奖章

母亲去县里参加劳动模范表彰大会的时间，是 1957 年的春天。几十年过去了，母亲也已经下世十多年了。时间如流水，这个时间我们兄弟姐妹之所以记得确凿无疑，因为它有一个标记，或者说有一个帮助我们找回记忆的参照点。母亲生前不止一次跟我们说过，她是抱着我弟弟去参加劳模大会的。弟弟那年还不满一周岁，正在吃奶，还不会走路。我们家离县城五六十里路，那时没有汽车可坐，母亲一路把弟弟抱到县城，开完劳模会后又把弟弟抱回来。我说的参照点就是弟弟的生日，弟弟是 1956 年 7 月出生，母亲去参加劳模会可不就是 1957 年嘛。

从县里回来，母亲带回了一枚奖章，还有一张奖状，奖状和奖章是配套的。奖章上不刻名字，奖状上才会写名字，以证明母亲获得过这项荣誉。而我只对奖章有印象，对奖状没有什么印象。或许因为我只对金属性质的奖章感兴趣，对纸质的奖状不感兴趣，就把奖状忽略了。

那枚奖章相当精美，的确是一件不错的玩意儿。我们小时候主要是玩泥巴，没有什么像样的东西可玩。母亲的奖章，像是为我提供了一个终于可以拿得出手的玩具。母亲把奖章放在一只用牛皮做成的小皮箱里，小皮箱不上锁，我随时可以把奖章拿出来玩一玩。箱子里有母亲的银梳子、银手镯，还有选民证、工分什么的，我不玩别的东西，只愿意把奖章玩来玩去。奖章拿在手里沉甸甸的，恐怕把十片红薯片子加起来，都比不上奖章的分量重。奖章是五角星的形状，上面的图案有齿轮、麦穗儿什么的。麦穗儿很饱满，像是用手指头一捏，就能捡到一颗麦穗儿。奖章的颜色跟成熟的麦穗儿的颜色差不多，只不过，麦穗儿不会发光，奖章会发光。把奖章拿到太阳下面一照，奖章金光闪闪，好像变成了一个小太阳。整个奖章由三部分组成，上面是一个长条的金属板，金属板背面是别针。中间是红色的、丝织的绦带，绦带从一个金属卡子里穿过，把别针和下面的奖章联系起来。我没把奖章戴在身上试过。因没见母亲戴过，我不知把奖章戴在哪里。有一次，我竟把奖章挂在门口的石榴树上了，好像给石榴树戴了一个大大的耳坠儿一样，挺逗笑的。

我不仅自己喜欢玩奖章，别的小孩子到我们家玩耍，我还愿意把奖章拿出来向他们显摆，那意思是说：你们家有这个吗？没有吧！我只让他们看一看，不让他们摸。见哪个小孩子伸手想摸，我就赶紧把奖章收回来。

不知什么时候，奖章不见了。我一次又一次把小皮箱翻得底朝天，连奖章的一点儿影子都没找见。奖章没长翅膀，它却不声不响地“飞”走了。大姐、二姐怀疑我把奖章拿到货郎担上换糖豆吃了。我平日里是比较嘴馋，看见地上有一颗羊屎蛋儿，都会误以为是一粒炒豆儿。可是，在奖章的事情上我敢打赌，我的确没拿母亲的奖章去换糖豆儿吃。如果真的换了糖豆儿，甜了嘴，我会留下深刻的印象。如果说小时候怕挨吵，怕挨打，不敢说实话，现在都这么大岁数了，我不会再隐瞒下去的。母亲奖章的丢失，对我们兄弟姐妹来说是一个谜，这个谜也许永远都解不开了。

倘若母亲的奖章继续存在着那该有多好，每看到奖章，我们就会想起母亲，缅怀母亲勤劳而光荣的一生。然而，奖章虽不在了，它的光芒却永驻我的心里。我放弃了对物质性的奖章的追寻，开始追寻奖章的精神性意义。

应该说母亲能当上劳动模范是很不容易的。据说每个公社只有几个劳动模范的名额，不是每个大队都能推选出一个劳模。当劳模不是百里挑一，也不是千里挑一，而是万里挑一。那么，一个普普通通的农村妇女，怎么就当上了劳动模范了呢？怎么就成了那个“万一”了呢？既然模范是以劳动命名，恐怕就得从劳动上找原因。听大姐、二姐回忆说，母亲干起活儿来只有两个字——要强。往地里挑粪，母亲的粪筐总是装得最满，走得最快。麦季在麦田里割麦，不用看，也不用问，那个冲在最前面的人一定是我们的母亲。有一种大轮子的水车，铁铸的大轮子两侧各有一个把手，绞动大轮子，带动小齿轮，把水从井里抽出来。别的妇女绞水车时，都是一次上两个人。而母亲上阵时，坚持一个人绞一台水车。她低着头，塌着腰，头发飞，汗也飞，一个人就把水车绞得哗哗的，抽出的水水头蹿得老高。

要知道，我们兄弟姐妹较多，母亲两三年就要生一个孩子。母亲下地劳动，都是在怀着孩子或奶着孩子的情况下进行的。怀孩子期间，从不影响母亲下地干活儿。直到不把孩子生下来不行了，她才匆匆从地里赶回家，把孩子生下来。母亲生孩子从不去医院，也不请接生婆接生，都是自己接生。生完孩子，母亲稍事休息，又开始了新一轮劳动。

母亲的个子并不高，才一米五多一点儿。母亲的体重也不重，也就是百斤左右。可是，母亲哪里来得那么大的力量呢？以前我不能理解，后来才慢慢理解了。母亲的力量源于她的强大的意志力，也就是我们那里的人所说的心劲儿。我要是跟母亲说意志力，母亲肯定不懂，她不识字，不会给自己的力量命名，说不定还会说我跟她瞎拽文。我要是说心劲儿，估计母亲会认同。一个人的力量大不大，主要不在于体力，而是取决于心劲儿，也就是心上的力量。心上的力量大了，一个人才算真正有力量。体力再好，如果心劲儿不足，无论如何都称不上有力量。一个人心上的力量，说到底就是战胜自己的力量。只有能够战胜自己，才能战胜困难，战胜别人。倘若连自己都不能战胜，先败在自己手里，还指望能战胜谁呢！

与母亲相比，我的心劲儿差远了。说实话，小时候我是一个懒人。挑水做饭有大姐，烧锅刷碗有二姐，拾柴放羊有妹妹，我被说成是“空儿里人”，除了上学，几乎啥活儿都不用我干。时间长了，我几乎养成了好吃懒做的习惯。后来参加工作到煤矿，我才失去了对家庭的依赖。一个人孤身在外，由于环境的逼使，我不得不学着自己照顾自己。好在母亲勤劳的遗传基因很快在我身上发挥了作用，同时也是自尊、自立和成家的需要，我开始挖掘自身的劳动潜能，并在劳动中逐步认识劳动的意义。我知道了，劳动创造了人，人生来就是为劳动而来。或者说人只要活着，就得干活儿。只有不惜力气，不惜汗水，干活儿干得好，才会被人看得起，才能得到社会的尊重。在当工人期间，虽然我没当过劳动模范，但我觉得自己干活儿干得还可以，起码没有偷过懒，没有耍过滑，工友们评价我时，对我伸的是大拇指。

不过，我没想过要当劳动模范，从没有把劳动模范和自己联系起来。很长一段时间，我几乎把母亲当过劳动模范的事忘记了。调到北京当上《中国煤炭报》的编辑、记者之后，我采访了全国煤矿不少劳动模范和劳动英雄，写了不少他们的事迹。我为他们的事迹所感动，所写的稿子块头也不小，但你是你，我是我，我把自己当成了一个局外人。我甚至认为，那个时期的劳模都是“老黄牛”型的，是“工具”型的，我可以尊重他们，并不一定愿意向他们学习。有一次，我和读者座谈，谈到我每年的大年初一早上还要起来写小说，有读者就问我：你是想当一个劳动模范吗？这本来是好话，可我没当好话听，好像还从中听出了一点儿揶揄的意味，我说：过奖了，我可不想当什么劳动模范。

看来我的悟性还是不够强，觉悟还是不够高。直到现在，我才稍稍悟出来了，原来劳动不是别人强加给我们的，是生命的一种需要。我们劳动的过程，是修行的过程，也是不断自我完善的过程。如果人的一生还有点儿意义的话，其意义正是通过不断辛勤劳动赋予的。从这个意义上讲，能当一个劳动模范是多么的光荣！

人说闻道有先后，人的觉悟也有早晚。而我现在才对劳动模范重视起来，未免有点儿太晚了吧，恐怕再怎么努力，当劳动模范也没戏了吧！不晚不晚，没关系的。从现在起，我要好好向母亲学习，天天按劳动模范的标准要求自己，体力可以衰退，心劲儿永远上提。就算别人不评我当劳动模范，我自己评自己还不行嘛！

2015 年元旦于北京和平里

勤劳的母亲

小时候就听人说，勤劳是一种品德，而且是美好的品德。我听了并没有往心里去，没有把勤劳和美德联系起来。我把勤劳理解成勤快，不睡懒觉，多干活儿。至于美德是什么，我还不大理解。我隐约觉得，美德好像是很高的东西，高得让人看不见，摸不着，一般人的一般行为很难跟美德沾上边。后来在母亲身上，我才把勤劳和美德统一起来了。母亲的身教告诉我，勤劳不只是生存的需要，不只是一种习惯，它还关乎人的品质和人的道德。人的美德可以落实到人的手上、 腿上 、大脑上和日常生活中，可以通过勤奋的劳动体现出来。

我想讲几件小事，来看看母亲有多么勤劳。

拾麦穗儿

那是 1976 年，我和妻子在河南新密煤矿上班，母亲从老家来矿区给我们看孩子。我们的女儿那年还不到一周岁，需要有一个人帮我们看管。母亲头年秋后到矿区，到第二年过春节都没能回家。母亲还有两个孩子在老家——我的妹妹和我的弟弟。妹妹尚未出嫁，弟弟还在学校读书。过春节时母亲对他们也很牵挂，但为了不耽误我和妻子上班，为了照看她幼小的孙女儿，母亲还是留了下来。母亲舍不得让孩子哭，我们家又没有小推车，母亲就一天到晚把孩子抱在怀里。在天气好的时候，母亲还抱着孩子下楼，跟别的抱孩子的老太太一起，到几里外的矿区市场去转悠。往往是一天抱下来，母亲的小腿都累肿了，一摁一个坑。见母亲的腿肿成那样，我心里很不是滋味。但我当时只是劝母亲注意休息，别走那么远，为什么不给孩子买一辆小推车呢？事情常常就是这样，多年之后想起，我们才会感到心痛，感到愧悔。可愧悔已经晚了，想补救都没了机会。

除了帮我们看孩子，每天中午母亲还帮我们做饭。趁孩子睡着了，母亲抓紧时间和面，擀面条。这样，我们下班一回到家，就可以往锅里下面条。

矿区内还有一些农村，农村的沟沟坡坡都种着麦子。母亲对麦子很关心，时常跟我们说一些麦子生长的消息：麦子甩齐穗儿了；麦子扬花儿了；麦子黄芒了；再过几天就该动镰割麦了。母亲的心思我知道，她想回老家参与收麦。每年收麦，生产队都把气氛造得很足，把事情搞得很隆重，像过节一样。因为麦子生长周期长，头年秋天种上，到第二年夏天才能收割，人们差不多要等一年。期盼的时间越长，割麦时人们越显得兴奋。按母亲的说法，都等了快一年了，谁都不想错过麦季子。然而我对收麦的事情不是很热衷。我觉得自己既然当了工人，就是工人的身份，而不是农民的身份，工人阶级既然是领导阶级，就要与农民阶级拉开一点儿距离。所以在母亲没有明确说出回老家收麦的情况下，我也没有顺着母亲的心思，主动提出让母亲回老家收麦。我的理由在那里明摆着，我们的女儿的确离不开奶奶的照看。

收麦开始了，母亲抱着孙女儿站在我们家的阳台上，就能看见拉着麦秧子的架子车一辆一辆从楼下的路上走过。在一个星期天，母亲终于明确提出，她要下地拾麦。母亲说，去年在老家，她一个麦季子拾了三十多斤麦子呢！母亲的这个要求我们无法阻止，星期天妻子休息，可以在家看孩子。那时还凭粮票买粮食，我们全家的商品粮供应标准一个月还不到八十斤，说实话有点儿紧巴。母亲要是拾到麦子，多少对家里的口粮也是一点儿添补。在粮店里，我们所买到的都是不知道放了多少年的陈麦磨出的面。母亲若拾回麦子，肯定是新麦。新麦怎么吃都是香的。

到底让不让母亲去拾麦，我还是有些犹豫。大热天的让母亲去拾麦，我倒不是怕邻居说我不孝，孝顺孝顺，孝和顺是连在一起的，没让母亲回老家收麦，我已经违背了母亲的意志，若再不同意母亲去拾麦，我真的有些不孝了。我之所以犹豫，是担心母亲人生地不熟的，没地方去拾麦。我的老家在豫东，那里是一马平川的大平原，麦地随处可见。矿区在豫西，这里是浅山地带，麦子种在山坡或山沟里，零零碎碎，连不成片。我把我的担心跟母亲说了。母亲让我放心，说看见哪里有收过麦的麦地，她就到哪里去拾。我让母亲一定戴上草帽，太阳毒，别晒着。母亲同意了。我劝母亲带上一壶水，渴了就喝一口。母亲说不会渴，喝不着水。我还跟母亲说了一句笑话："您别走那么远，别迷了路，回不来。"母亲笑了，说我把她当成小孩子了。

母亲中午不打算回家吃饭，她提上那只准备盛麦穗儿用的黄帆布提包，用手巾包了一个馒头，就出发了。虽然我没有随母亲去，有些情景是可以想象的。比如母亲一走进收割过的麦地，就会全神贯注，低头寻觅。每发现一颗麦穗儿，母亲都会很欣喜。母亲的眼睛已经花了，有些秕麦穗儿她会看不清，拾到麦穗儿她要捏一捏，麦穗儿发硬，她就放进提包里，若发软，她就不要了。提包容积有限，带芒的麦穗儿又比较占地方，当提包快盛满了，母亲会把麦穗儿搓一搓，把麦糠扬弃，只把麦子儿留下，再接着拾。母亲一开始干活儿就忘了饿，不到半下午，她不会想起吃馒头。还有一些情况是不敢想象的。我不知道当地农民许不许别人到他们的地里拾麦子。他们看见一个外地老太太拾他们没收干净的麦子，会不会呵斥我母亲？倘若母亲因拾麦而受委屈，岂不是我这个当儿子的罪过！

傍晚，母亲才回来。母亲的脸都热红了，鞋上和裤腿的下半段落着一层黄土。母亲说，这里的麦子长得不好，穗子都太小，她走了好远，才拾了这么一点儿。母亲估计，她一整天拾的麦子，去掉麦糠，不过五六斤的样子。我接过母亲手中的提包，说不少不少，很不少。我让母亲洗洗脸，快歇歇吧。母亲好像没受到什么委屈。第二天，母亲还要去拾麦，她说走得更远一点儿试试。妻子只好把女儿托给同在矿区居住的我的岳母暂管。

母亲一共拾了三天麦穗儿。她把拾到的麦穗儿在狭小的阳台上用擀面杖又捶又打，用洗脸盆又簸又扬，收拾干净后，大约收获了二三十斤麦子。母亲似乎感到欣慰，当年的麦季她总算没有白过。

妻子和母亲一起，到附近农村借用人家的石头碓窑，把麦子外面的一层皮舂去了，只留下麦仁儿。烧稀饭时把麦仁儿下进锅里，嚼起来筋筋道道，满口清香，真的很好吃。妻子把新麦仁儿分给岳母一些，岳母也说新麦好吃。

没回生产队参加收麦，母亲付出了代价，当年队里没分给母亲小麦。母亲没挣到工分，用工分参与分配的那一部分小麦当然没有母亲的份儿，可按人头分配的那一半人头粮，队里也给母亲取消了。母亲因此很生气，去找队长论理。队长是我的堂叔，他说，他以为母亲不回来了呢！母亲说，她还是村里的人，怎么能不回来！

后来我回家探亲，堂叔去跟我说话，当着我的面，母亲又质问堂叔为啥不分给她小麦。堂叔支支吾吾，说不出像样的理由，显得很尴尬。我赶紧把话题岔开了。没让母亲回队里收麦，责任在我。

捡布片儿

在 20 世纪 80 年代的中后期，我们家搬到北京朝阳区的静安里居住。这是我们举家迁至北京的第三个住所。第一个住所在灵通观一座六层楼的顶层，我们家和另一家合住。我们家住的是九平方米的小屋。第二个住所，我们家从六楼搬到该楼二楼，仍是与人家合住，只不过住房面积增加至十五平方米。直到搬到静安里一幢新建居民楼的二楼，我们才总算有了独门独户的二居室和一个小客厅，再也不用与别人家共用一个厨房和厕所了。

住房稍宽敞些，我几乎每年都接母亲到城里住一段时间。她一般是秋凉时来京，在北京住一冬天，第二年麦收前回老家。母亲有头疼病，天越冷疼得越厉害。老家的冬天屋内结冰，太冷。而北京的居室里有暖气供应，母亲的头就不怎么疼了。母亲愿意挨着暖气散热器睡觉。她甚至跟老家的人说，是北京的暖气把她的头疼病暖好了。

母亲到哪里都不闲着，仿佛她生来就是干活儿的，不找点儿活儿干，她浑身都不自在。这时我们的儿子已开始上小学，我和妻子中午都不能回家，母亲的主要任务是中午为儿子和她自己做一顿饭。为了帮我们筹备晚上的饭菜，母亲每天还要到附近的农贸市场买菜。她在市场上转来转去，货比三家，哪家的菜最便宜，她就买哪家的。妻子的意见是母亲只把菜买回来就行了，等她下班回家，菜由她下锅炒。有些话妻子不好明说：母亲的眼睛花得厉害，又舍不得多用自来水，洗菜洗得比较简单，有时菜叶上还有黄泥，母亲就把菜放到锅里去了。因话没有明说，妻子不让母亲炒菜，母亲理解成儿媳妇怕她累着。而母亲认为，他的儿子和儿媳妇在班上累了一天，回家不应再干活儿，应该吃点儿现成饭才好。母亲炒菜的积极性越发地高。往往是我们刚进家门，母亲已把几个菜炒好，并盛在盘子里，用碗扣着，摆在了餐桌上。母亲炒的大都是青菜，如绿豆芽儿、芹菜之类。因样数比较多，显得很丰富。母亲总是很高兴的样子，让我们赶紧趁热吃。好在我妻子从来不扫母亲的兴，吃到母亲炒的每一样菜，她都说好吃，好吃。

倒是我表现得不够好。我肚子里嫌菜太素，没有肉或者肉太少，没什么吃头儿，吃得不是很香。还有，妻子爱吃绿豆芽儿，我不爱吃绿豆芽儿，母亲为了照顾妻子的口味，经常炒绿豆芽儿，把我的口味撇到一边去了。有一次，我见母亲让我吃这吃那，自己却舍不得吃，我说："是您炒的菜，您得带头儿多吃。"话一出口，我就有些后悔，可已经晚了。定是我的话里带出了不满的情绪，母亲的情绪一下子低落下来。我不应该有那样的情绪，这件事够我忏悔一辈子的。

买菜做饭的活儿不够母亲干，母亲的目光被我们楼门口前面一个垃圾场吸引住了。我们住的地方是新建成的住宅小区，配套设施暂时还跟不上，整个小区没有封闭式垃圾站，也没有垃圾桶，垃圾都倒在一个露天垃圾场上，摊成很大的一片。市环卫局的大卡车每两三天才把垃圾清理一次。垃圾多是生活垃圾，不远处有一家规模很大的衬衫厂，厂里的垃圾也往垃圾场上倒，生产垃圾也不少。垃圾场引来不少捡垃圾的人，有男的，有女的；有本地人，也有外地人。他们手持小铁钩子，轮番在垃圾场扒来扒去，拣来拣去。母亲对那些生产垃圾比较感兴趣。她先是站在场外看人家捡。后来一个老太太跟她搭话，她就下场帮老太太捡。她捡的纸纸片片、瓶瓶罐罐，都给了老太太。再后来，母亲或许是接受了老太太的建议，或许是自己动了心，也开始捡一些自己认为有用的东西拿回家来。母亲从生产垃圾堆里只捡三样东西：纱线、扣子和布片儿。她把乱麻般的纱线理出头绪，再缠成团。她捡的扣子都是那种缀在衬衣上的小白扣儿，有塑料制成的，也有贝壳做成的。扣子都很完好，一点儿破损都没有（计划经济时期，工人对原材料不是很爱惜）。母亲把捡的扣子盛到一个塑料袋里，不几天就拣了小半袋，有上百枚。母亲跟我说，把这些线和扣子拿回老家去，不管送给谁，谁都会很高兴。

母亲捡得最多的是那些碎布片儿。布片儿是衬衫厂裁下来的下脚料，面积都不大，大的像杨树叶，小的像枫树叶。布片儿捡回家，母亲把每一块布片儿都剪成面积相等的三角形，而后戴上老花镜，用针线把布片儿细细地缝在一起。四块三角形的布片就可以对成一个正方形。再把许许多多正方形拼接在一起呢，就可以拼出一条大面积的床单或被单。在我们老家，这种把碎布拼接在一起的做法叫对花布。谁家的孩子娇，需要穿百家衣，孩子的母亲就走遍全村，从每家每户要来一片布，对成花布，做成百家衣。那时各家都缺布，有的人家连块给衣服的破洞打补丁的布都没有，要找够能做一件百家衣的布片儿难着呢。即使把布片儿讨够了，花色也很单一，多是黑的和白的。让母亲高兴的是，在城里被人称为垃圾的东西里，她轻易就能捡出好多花花绿绿的新布片儿。

母亲对花布对得很认真，也很用心，像是把对花布当成工艺美术作品来做。比如在花色的搭配上，一块红的，必配一块绿的；一块深色的，必配一块浅色的；一块方格的，必配一块团花的；一块素雅的，必配一块热闹的；等等。一条被单才对了一半，母亲就把花布展示给我和妻子看。花布上百花齐放，真的很漂亮。谁能说这样的花布不是一幅图画呢！这就是我的心灵手巧的母亲，是她把垃圾变成了花儿，把废品变成了布。

然而当母亲对妻子说被单一对好她就把被单给我妻子时，我妻子说她不要，家里放的还有新被单。妻子让母亲把被单拿回老家自己用，或者送给别人。妻子私下里对我说，布片儿对成的被单不卫生。垃圾堆里什么垃圾都有，布片儿既然扔到垃圾堆里，上面不知沾染了多少细菌呢。妻子让我找个机会跟母亲说一声，以后别去垃圾堆里捡布片儿了。妻子的意思我明白，她不想让母亲捡布片儿，不只是从卫生角度考虑问题，还牵涉到我们夫妻的面子问题。这个问题我也考虑过。那些捡垃圾的多是衣食无着的人，而我的母亲吃不愁，穿不愁，没必要再去垃圾堆捡东西。我和妻子毕竟是国家的正式职工，工作还算可以，让别人每天在垃圾场上看见母亲的身影，对我们的面子不是很有利。于是我找了个机会，委婉地劝母亲别去捡布片儿了。我说出的理由是，布片儿不干净，接触多了对身体不好，人有一个好身体是最重要的。母亲像是很快就明白了我的意思，答应不去捡布片儿了。

我以为母亲真的不去捡布片儿了，也放弃了用布片儿对被单。十几年之后，母亲在老家养病，我回去陪伴母亲。有一次母亲让我猜她在北京那段时间一共对了多少条被单。我猜：一条？两条？母亲只是笑。我承认我猜不出，母亲才告诉我，她一共对了五条被单。被单的面积是很大的，把一条被单在双人床上铺开，要比双人床长出好多，宽出近一倍。用零碎的小三角形布片儿对出五条被单来，要费多少工夫，付出多么大的耐心和辛劳啊！不难明白，自从我说了不让母亲去捡布片儿，母亲再捡布片儿，对床单，就避免让我们看见。等我和妻子上班去了，儿子上学去了，母亲才投入对被单的工作。估计我们该下班了，母亲就把布片儿和被单收起来，放好，做得不露一点儿痕迹。临回老家时，母亲提前就把被单压在提包下面了。

母亲把她对的被单送给我大姐、二姐和妹妹各一条。母亲去世后，她们姐妹把被单视为母亲留给她们的一种纪念物，对被单都很珍惜。可惜，我没有那样一条母亲亲手制作的纪念品（写到这里，我泪流不止，哽咽不止）。

搂树叶儿

只要在家，母亲每年秋天都要去村外的路边塘畔搂树叶儿。如同农人每年都要收获粮食，母亲还要不失时机地收获树叶儿。我们那里不是扫树叶儿，是搂树叶儿。搂树叶儿的基本工具有两件，一件是竹筢子；另一件是大号的荆条筐。用带排钩儿的竹筢子把树叶儿聚拢到一起，盛到荆条筐里就行了。

不是谁想搂树叶儿就能搂到的，这里有个时机问题。如果时机掌握得好，可以搂到大量的树叶儿。错过了时机呢，就搂不到树叶儿，或者只能搂到很少的树叶儿。树叶儿在树上长了一春，一夏，又一秋，仿佛对枝头很留恋似的，不肯轻易落下。你明明看见树叶发黄了，发红了，风一吹它们乱招手，露出再见的意思，却迟迟没有离去。直到某天夜里，寒霜降临，大风骤起，树叶儿才纷纷落下。树叶儿不落是不落，一落就像听到了统一的号令，采取了统一的行动，短时间铺满一地。这是第一个时机。第二个时机是，你必须在树叶儿集中落地的当天清晨早点儿起来，赶在别人前面去树下搂树叶儿，两个时机都抓住了，你才会满载而归。在我们村，母亲是一贯坚持每年搂树叶儿的人之一，也是极少数能把两个时机都牢牢抓住的搂树叶儿者之一。

母亲对气候很敏感，加上母亲睡觉轻，夜间稍有点儿风吹草动她就醒了。一听见树叶儿哗哗落地，母亲就不睡了，马上起床去搂树叶儿。院子里落的树叶儿母亲不急着搂，自家的院落自家的树，树叶儿落下来自然归自家所有。母亲先去搂的是公共地界儿上落的树叶儿。往往是村里好多人还在睡觉，母亲已大筐大筐地把树叶儿往家里运了。母亲搂回的什么树叶儿都有，有大片的桐树叶儿，中片的杨树叶儿和柿子树叶儿，还有小片的柳树叶儿和椿树叶儿。树叶儿有金黄色的，也有玫瑰红色的。母亲把树叶儿摊在院子里晾晒，乍一看还让人以为是满院子五彩杂陈的花瓣儿呢！

母亲搂树叶儿当然是为了烧锅用。在人民公社和生产队那会儿，社员都买不起煤。队里的麦草和玉米秸秆不是铡碎喂牲口了，就是沤粪用了，极少分给社员。可以说家家都缺烧的。烧的和吃的同样重要，按母亲的话说，有了这把柴火，锅就烧滚了，缺了这把柴火呢，饭就做不熟。为了弄到烧的，人们不仅把地表上的草毛缨子都收拾干净，还挖地三尺，把河坡里的茅草根都扒出来了。女儿一岁多时，我把女儿抱回老家，托给母亲照管。母亲一边看着我女儿，仍不耽误她搂树叶儿。母亲不光自己搂树叶儿，还用一根大针纫了一根线，教我女儿拾树叶儿。女儿拾到一片树叶儿，就穿在线上，一会儿就穿了一大串。以至于我女儿回到矿区后，一见地上的落叶儿就惊喜得不得了，一再说：“咋恁多树叶子呀！”挣着身子，非要去捡树叶儿给奶奶烧锅。

上了年纪，母亲的腿脚不那么灵便了，可她每年秋天搂树叶儿的习惯还保持着。按说这时候母亲不必搂树叶儿了。分田到户后，粮食打得多，庄稼秆儿也收得多，各家的柴草大垛小垛，再也不用为缺烧的发愁。有的人家甚至把多余的玉米秆在地里点燃了，弄得狼烟动地。我托人从矿上给母亲拉了煤，并让人把煤做成一个个蜂窝形状的型煤，母亲连柴火都不用烧了。可母亲为什么还要到村外去搂树叶儿呢？

树叶儿落时正是寒风起时，母亲等于顶着阵阵寒风去搂树叶儿。有时母亲刚把树叶儿搂到一起，一阵大风刮来，又把树叶儿刮散了，母亲还得重新搂。母亲低头把搂到一堆的树叶往筐里抱时，风却把母亲的头巾刮飞了，母亲花白的头发飞扬着，还得赶紧去追头巾。母亲搂着树下的树叶儿，树上的树叶儿还在不断落着。熟透了的树叶儿像是很厚重，落在地上啪啪作响。母亲搂完了一层树叶儿，并不马上离开，等着搂第二层第三层树叶儿。在沟塘边，一些树叶儿落在水里，一些树叶儿落在斜坡上。落在水里的树叶儿母亲就不要了，落在斜坡上的树叶儿，母亲还要小心地沿着斜坡下去，把树叶儿搂上来。刘姓是我们村的大姓，我在村里有众多的堂弟。不少堂弟都劝我母亲不要搂树叶儿了。他们管我母亲叫大娘，说大娘要是没烧的，就到他们的柴草垛上抱去。这么大年纪了，还起早贪黑地搂树叶子，何必呢！有的堂弟还提到了我，说："大娘，俺大哥在北京工作，让我们在家里多照顾您。您这么大年纪了还自己搂树叶子烧，大哥要是知道了，叫我们的脸往哪儿搁呢！"

这话说得有些重了，母亲不做出解释不行了，母亲说，搂树叶儿累不着她，她权当出来走走，活动活动身体。

我回家看望母亲，一些堂弟和叔叔婶子出于好心好意，纷纷向我反映母亲还在搂树叶儿的事。他们的反映带有一点儿告状的性质，仿佛我母亲做下了什么错事。这就是说，不让母亲搂树叶儿，在我们村已形成了一种舆论，母亲搂树叶儿不仅要付出辛劳，还要顶着舆论的压力。母亲似乎有些顶不住了，有一天母亲对我说："他们都不想让我搂树叶儿了，这咋办呢？"

我知道，母亲在听我一句话，我要是也不让母亲搂树叶儿，母亲也许就再也不去搂了。我选择了支持母亲，说："娘，只要您高兴，想搂树叶儿只管搂，别管别人说什么。"

朋友们，在这件事情上，我没有做错吧？

就算我没有做对，你们也要骗骗我，不要说我不对。在有关母亲的事情上，我已经脆弱得不能再脆弱了。

2005年1月17日至19日于北京

献 给 母 亲

我对“三年严重困难时期”的生活记忆深刻，称得上铭心刻骨。其中最困难的1960年，我9岁，正在本村小学读二年级。我饿得成了大头，长脖子，细腿，连走路都费劲。去学校上学需要翻过一条干坑，以前，我在这条坑里跑上跑下，如履平地，饿成瘦鬼后，过那条坑就难了。此岸，我屁股贴着岸边往下滑；彼岸，我得把自己变成一只小兽，四肢着地一点一点往上爬。这年夏天，父亲病死了。作为父亲的长子，为父亲送葬时由我扛幡，摔恼盆。堂叔大概怕我瘦得没劲，替我把陶制的恼盆摔碎了。食堂面临断顿，不少人得了浮肿病，人们的生存受到了极为严峻的考验。换句话说，贫困和饥饿已使人们的生存到了一个底线，过了底线，人马上就得饿死。谁都不想死，人人都想活命。人们别的念头都没有了，只要能找到一口吃的，只要能保住自己的一条命，就是最大的成功。于是人们的生存意志、生存韧性、生存智慧和生存想象力都尽可能地发挥出来了，构成了那个特殊年代特殊的生存状态。

我服从了自己的记忆，或者说受到了记忆执拗的引导，在刚开始写小说不久的 1980 年，我就以那段生活为素材，写了一篇短篇小说《看看谁家有福》。小说在《奔流》杂志发表后，引起比较大的争议，该刊连续发了好几篇争鸣文章。肯定的一方认为我写得很真实；批评的一方说我写得太低沉了。这篇小说很快被翻译到美国。《剑桥中华人民共和国史》（1966—1982）还为这篇小说列了一条。此后，我按捺不住自己的记忆和冲动，一直想写一部长一点儿的小说，来记述那段生活。我暗暗对自己说，你不写这部小说，就对不起那些饿死的人和那段历史，也对不起自己的良心，一辈子都白活了。24 年之后，我终于写出了这部在我心底埋藏已久的《平原上的歌谣》。我读书不多，在创作上没什么高深的理论。但我知道，人类的记忆是很重要的，一个人的记忆力是一个人的基本力量。如果这个人失去了记忆，就等于是一个傻子，跟植物人也差不多。同样，一个民族的记忆是这个民族的力量所在，善于保存记忆的民族是不可战胜的。试想，一个民族倘是失去了记忆，就有可能重蹈灾难的覆辙，那是多么可怕。有两句话，我不记得是哪两个外国作家说的：一句是，文学是为历史作证；另一句是，文化是对记忆的守卫。我觉得这两句话都很有道理。作为一个作家，我们有责任为我们的民族提供记忆，保留记忆。当然，这个记忆应该是细节化、情感化、人性化、真实性和艺术性的。一代作家有一代作家的生活记忆，如果我们这一代亲历过那段生活的人死了，让后来的人再想象就不那么容易了。我们必须现在就行动起来，让记忆文化向遗忘文化挑战。

那段生活无疑是沉重的，但我给小说定下的是不屈和自强的基调，写得并不低沉。我没写饿殍遍地，哀鸿遍野，没有渲染惨绝的气氛，相反还有些幽默，露出了有节制的微笑。这是因为受到我大姐的启发。前些年，我每每回老家看望母亲，都要和大姐、二姐谈起“三年严重困难时期”的那段日子。我是有意提起这个话题，让大姐、二姐帮我回忆饥饿的生活细节。大姐悄悄告诉我，母亲不愿听见我们老说那几年多么苦，多么难过，母亲说，都是过去的事了，还提它干什么！我想，母亲可能是出于自尊，我们把过去的事说多了，母亲会觉得都是她这个当娘的没本事，让她的孩子受苦了。我说，那时候挨饿的又不是我们一家，全国的人都在挨饿，只不过有的地方轻一些，有的地方重一些。大姐又说，你别说，当时并没觉得多么苦，一点儿都不发愁，好像还挺高兴的，该笑还是笑，该唱还是唱。这是我没有想到的。以前构思这部小说，我的心情总是很沉重，很压抑，甚至想哭，大姐的话改变了我的想法。什么样的苦难都能忍受，什么样的坎儿都能过去，也许这就是我们常说的中华民族自强不息的民族精神。

这部小说是献给我母亲的。父亲死时，我们姐弟 6 个还小，大姐 13 岁，最小的弟弟还不满周岁，上头还有一个年届七旬的爷爷，一家八口全靠母亲一个人养活。为了多干活儿，多挣工分，母亲从妇女队伍中走了出来，天天跟男劳力一块儿干活儿。母亲犁地耙地、放磙扬场、和泥脱坯、挖河盖房，凡是男劳力干的活儿，我们的母亲都一点儿不落地跟着干。在秋天的雨季，母亲要冒着雨到地里出红薯。不出红薯全村人就没吃的。出完红薯回家，母亲全身的衣服都湿透了，身上滚的全是泥巴。在大雪飘飘的冬天，妇女们都不出工了，在家里做针线活。这时母亲要和男劳力一起往麦地里抬雪。初春，队里的草不够牲口吃，母亲要下到冰冷的河水里，为牲口捞水草。母亲所受的苦累和委屈，一想起来就让我这个当儿子的痛彻心扉。我对两个姐姐和弟弟妹妹说过，我一定要写写母亲。可我的小说还没写出来，苦命的母亲已于 2003 年 3 月 5 日去世了。母亲再也看不到我的小说了，这只能让我更加痛心。

关于母亲，还有一个大些的说法，我们愿意把祖国也说成是我们的母亲，那么我把这部小说也同时献给祖国母亲。伟大的祖国母亲，请您收下吧！您愿意收下吗？

2004 年 6 月 9 日于北京

不让母亲心疼

父亲去世那年我 9 岁，正读小学三年级。有一天，母亲对我说，以后在外边别跟人家闹气，人家要是欺负了你，你爹不在了，我一个妇女家，可没法儿替你出气。要是母亲随口那么一说，我或许听了就过去了，并不放在心上。那天母亲特意对我叮嘱这番话时，口气是悲伤的，眼里还闪着泪光。这样就让人觉得事情有些严肃，我一听就记住了。

从那时起，带刺的树枝我不摸，有毒的马蜂我不惹。热闹场合，人家上前，我靠后。见人打架，我更是躲得远远的。以前放学后，我喜欢和同学们到铺满麦苗的地里去摔跤，常摔得昏天黑地，扣子掉了，裤子也撕叉了。听了母亲的话，我不再去摔跤，放了学就往家里跑。有时同学拉我去摔跤，我很想去，但我没去，我忍住了。

我这样小心，还是被人打了。打我的人是我的同班同学，一个远门子叔叔。那年我已经上小学五年级了，每天早上和中午要往返好几里路到镇上的小学去上学。那个同学在上学的路上打了我。我至今都想不起他打我的理由是什么，我没招他，没惹他，他凭什么要打我呢？后来我想到，他比我大两三岁，辈分又比我长，学习成绩却比我差得多。我是班里少先队的中队长，他在班里什么干部都不是。他心里不平衡，就把气撒到了我身上。我也不是那么好欺负的，我打不过他，就骂他。我越是骂他，他打我打得越厉害。他把我按倒在地，用鞋底抽我的背，以致我的后背被抽得火辣辣地疼。

我在第一时间想到母亲对我的叮嘱，这事若是让母亲知道了，不知母亲有多心疼呢！我打定主意，要把挨打的事隐瞒下来。到了学校，我做得像没受任何委屈一样，老师进课堂上课时，我照样喊着口令，让同学们起立和坐下；照常听课和写作业，没把无端挨打的事报告给老师。晚上回到家，我觉得后背比刚挨过打时还要疼。我看不见自己的后背，估计后背是紫红的，说不定有的地方还渗了血。我长到十几岁，母亲从来没舍得打过我一下。母亲要是看见我被别人打成这样，除了心疼，还有可能拉上我去找人家说理，那样的话，事情就闹大了。算了，所有的疼痛还是我一个人受吧。为了不让母亲看到我的后背，晚上睡觉时，直到吹灭了油灯，我才把汗褂子脱下来。第二天早上，天还不亮，我就把汗褂子穿上了。一天又一天，一年又一年，几十年过去了，直到母亲去世，我始终没把那次挨打的事对母亲说出来。

后来又发生了一件事，我却没能瞒过母亲。在放学回家的路上，一个外村的同学，拿起一块羊头大的砂姜，一下子砸在我头上。我意识到被砸，刚要追过去和他算账，那小子已经像兔子一样蹿远了。我觉得头顶有些热，取下帽子一摸，手上沾了血。坏了，我的头被砸破了，帽子没破，头破了。我赶紧蹲下身子，抓了一把干黄土，捂在伤口上。砸我的同学跟我不是一个班，我在五年级二班，他在五年级一班，他跟我的堂哥是一个班。他砸我的原因我知道，因为我堂哥揍过他，他打听到我是堂哥的堂弟，就把对堂哥的报复转嫁到我头上。背后砸黑砖，这小子太不像话！可是，我受伤流血的事万不敢让母亲知道。还是那句话，我宁可让自己头疼，也不能让母亲心疼。我把伤口捂了好一会儿，直到不再流血，才戴上帽子回家。

有一天下雨，母亲对我说，来，我看看你头上生虱子没有。母亲让我坐在她跟前，她用双手在我浓密的头发里扒拉。说来还是怨我，好几年过去，我把头皮上受过伤的事儿忘记了。母亲刚把头发扒拉两下，还没找到虱子，却把我头顶的伤疤发现了，母亲甚是吃惊，问我，这孩子，你头上啥时候落了个疤瘌？我心里也是一惊，才把受过伤的事想起来了。但我说我也不知道。我想把受过伤的事遮掩过去。母亲认为不可能，人不说话疤说话，自己受了伤，怎么会不知道呢？母亲让我说实话，什么时候受的伤？见实在瞒不过，我只好把受伤的过程对母亲讲了。母亲心疼得嘴啧啧着，问我跟老师说了吗，我说没有。母亲又问，你跟砸你那个同学讲理了吗？我说没有，他一见我就躲。母亲说，躲也不行，一定得问问他，为啥平白无故地砸你！我说，只砸破了一点儿皮儿，很快就好了。母亲说，万一发了炎，头肿起来，可怎么得了！你当时为啥不跟我说一声呢？我跟母亲讲理道，你不是说不让我跟人家闹气嘛！母亲说，说是那样说，你在外边受了气，回来还是应该跟娘说一声，你这个傻孩子啊！母亲把我头抱住了。

2010年9月7日于北京和平里

大 姐 的 婚 事

堂嫂给我大姐介绍了一个对象，是堂嫂娘家那村的。堂嫂家和我们家同住一个院子，我大姐当时又是生产队的妇女队长，堂嫂和大姐可以说天天见面。可是，堂嫂没有把介绍对象的事直接对大姐说，而是先悄悄地跟我母亲说了。母亲暂且把事情放在心里，也没有对大姐提及。母亲认为这是我们家的一件大事，需要和我商量一下。父亲去世后，我作为家里的长子，母亲把我推到了户主的位置，遇到什么大事都要征求一下我的意见。我当年正读初中二年级，在镇上中学住校，每个星期天才回家一次。等到星期天我回家，母亲才把堂嫂给大姐介绍对象的事对我说了。大姐比我大五岁，是到了该找对象的年龄。大姐找什么样的对象，的确是我们家的一件大事，必须慎重对待。

堂嫂给大姐介绍的对象，是一位在县城读书的在校高中生。高中生的父亲是我的老师，教我们班的地理课。我在我们学校的篮球场上见过那个高中生，他的身材、面貌都不错，据说学习也可以。让人不能接受的是，他的家庭成分是富农。在那个以阶级斗争为纲的年代，人与人之间是以家庭成分画线的，一个人的家庭成分对一个人的命运几乎起着决定性的作用。不仅如此，一个不好的家庭成分，还会对其所构成的社会关系起到负面的辐射作用。这就是说，如果我们家和那个高中生家结成了亲戚，在我们家的亲戚关系中，就得写上其中一家是富农。这对我们兄弟姐妹今后的进步会很不利。第一个找对象的大姐，应该给我们开一个好头儿。还有一个不容回避的问题是，我父亲曾在冯玉祥部当过一个下级军官，被人说成是“历史反革命”。因为这个问题，我们已经饱受歧视，几乎成了惊弓之鸟。在这种情况下，如果再给大姐找一个富农家的孩子作对象，我们家招致的歧视会更多，社会地位还得下降。于是，我断然否定了这门亲事。母亲说是跟我商量，其实是以我的意见为主。母亲把我的意见转告给堂嫂，堂嫂就不再提这件事。我甚至对堂嫂也有意见，在心里埋怨堂嫂不该给大姐介绍这样的对象，不该把我们的大姐往富农家庭里推。

别人给大姐介绍对象，决定权应该属于大姐，同意不同意，应该由大姐说了算。就算不能完全由大姐决定，大姐至少应该有知情权。然而，我和母亲把大姐瞒得严严的，就把堂嫂给大姐介绍的对象给回绝了。

接着，又有人给大姐介绍了一个对象，还是堂嫂那村的。这个对象识字不多，但家里的成分是贫农。既然成分好，我就没有什么理由反对大姐和人家见面。这个对象后来成了我们的大姐夫。大姐夫勤劳，会做生意，对大姐也很好。据大姐说，刚和大姐夫结婚时，他们家只有两间草房，家里穷得连一块支鏊子的砖头都找不到，连一个可坐的板凳头儿都没有。为了攒钱把家里的房子翻盖一下，大姐夫贩过粮食，贩过牛，还贩过石灰和沙子。有一回，大姐夫从挺远的地方用架子车往回拉沙子，半路下起雨来。他舍不得花钱住店，夜里就睡在一家供销社窗外的窗台上。为防止睡着后从窗台上摔下来，他解下架子车上的襻绳，把自己拴在护窗的铁栅栏上。他带的有一块防雨的塑料布，但他没有把塑料布裹在自己身上，而是盖在了沙子上面。风吹雨斜，把他的衣服都潲湿了。大姐夫和大姐苦劳苦挣，省吃俭用，终于盖起了四间砖瓦房，另外还盖了两间西厢房和一间灶屋。大姐夫特意在院子里栽了一棵柿子树，每到秋天，红红的柿子挂满枝头，连柿叶都变成了红色。

大姐家的好日子刚刚开头，大姐夫却因身患重病于 2005 年 5 月 1 日去世了。大姐夫去世时，还不到 60 岁。大姐夫的去世，对大姐是一个沉重的打击。

当年农历十月初，我回老家为母亲烧纸，大姐和二姐也去了。在烧纸期间，大姐在母亲坟前长跪不起，大哭不止。大姐一边哭，一边对母亲说：“娘啊，你咋不说话呢？你咋不管管俺家的事呢？夜这样长，我可怎么熬得过去啊！”我劝大姐别哭了。劝着大姐，我的泪水也模糊了双眼。倒是二姐理解大姐，二姐说：“别劝大姐，让大姐好好哭一会儿吧。大姐心里难过，哭哭会好受些。” 旷野里一阵秋风吹来，把坟前黑色的灰烬吹上了天空。我听从了二姐的话，没有再劝大姐。我强忍泪水，用带到坟地的镰刀，清理长在母亲坟上的楮树棵子和吊瓜秧子。

为了陪伴和安慰大姐，这次回老家，我到大姐家住了几天。在和大姐一起回忆过去的事情时，我才对大姐说明，堂嫂曾给大姐介绍过一个对象。大姐一听，显得有些惊奇，说她一点儿都不知道。因为同村，那个人大姐是认识的，大姐叫出了那个人的名字，说人家现在是中学的校长。我还能说什么呢？因为我的年少无知、短视、自私和自以为是，当初我做出的可能是一个错误的决定。四十多年过去了，这件事情我之所以老也不能忘记，是觉得有些对不起大姐。大姐一点儿都没有埋怨我，说那时候都是那样，找对象不看人，都是先讲成分。

2011 年 4 月 29 日于北京

留守的二姐

在我国各地农村，留守儿童以数千万计。留守儿童所面临的种种问题，已受到社会的广泛关注。每每看到有关留守儿童的报道，我都比较留意。因为我总会联想起二姐和二姐家的留守儿童。这么多年来，二姐为抚育和照顾她的孙辈，付出得太多了，二姐太累了！

二姐喜欢土地，她认为人到什么时候都得种庄稼，都得靠土地养活，土地是最可靠的。村里的青壮男人和女人一批又一批外出打工，二姐却一年又一年留在家里种地，从来没有出去过。二姐重视土地是一方面，还有一个主要的原因，是二姐被她家的留守儿童拴住了，脱不开身。

二姐有三个孩子，两个儿子和一个女儿。大儿子和大儿媳去上海打工，把他们的两个孩子都留给了二姐。这两个孩子，一个男孩儿，一个女孩儿。男孩儿刚上小学，女孩儿才两三岁。冬冬夏夏，二姐管他们吃饭，穿衣，更在意他们的安全。村里有一个老爷爷，一眼没看好留守的孙子，孙子就掉到井里淹死了。爷爷心疼孙子，又觉得无法跟儿子、儿媳交代，抱着孙子的小尸体躺在床上，自己也喝农药死了。这件事让二姐非常警惕，心系安全的弦绷得很紧。一会儿看不见孙子、孙女儿，她就赶快去找。哪个孩子若有点儿头疼脑热，二姐一点儿都不敢大意，马上带孩子去医院看，并日夜守护在孩子身边。直到孩子又活泼起来，二姐才放心。

大儿子的两个孩子还没长大，二儿子的孩子又出生了。二姐的二儿子和二儿媳都在城里教书，二儿媳急着去南京读研，她生下的婴儿刚满月，就完全交给了二姐。因家穷供不起，二姐小时候只上过三年学就辍学了。二姐对孩子们读书总是很支持，并为有出息的孩子感到骄傲。二姐对二儿媳说，去吧，好好读书吧，孩子交给我，你只管放心。喂养婴儿可不是一件容易的事，二姐日夜把婴儿搂在怀里，饿了冲奶粉，尿了换尿不湿，所受的辛苦可想而知。二姐不愿让婴儿多哭，有时半夜还抱着婴儿在床前走来走去。有一年秋天我回老家看二姐，见二姐明显消瘦了，而她怀里的孙子却又白又胖。孙子接近三岁，该去城里上幼儿园了，他的爸爸妈妈才把他接走。这时他不认爸爸妈妈，只认奶奶。听说爸爸妈妈要接他走，他躲在门后大哭，拉都拉不出去。二姐只好把他送到城里，又陪他在城里住了一段时间，等他跟爸爸妈妈熟悉了，才离开。

到这里，我想二姐该休息一下了。不，二姐还是休息不成。2010年秋天，二姐的女儿生了孩子。二姐的女儿在杭州读研究生，因为要返校交毕业论文，还要准备答辩相关的事宜，她的孩子还没有满月，就托给了二姐。新一轮喂养婴儿的工作又开始了，二姐再度陷入紧张状态。听二姐夫说，这个婴儿老是在夜间哭闹，闹得二姐整夜都不能睡。有时需要给婴儿冲点儿奶粉，婴儿哭闹得都放不下。亏得二姐夫没有外出打工，可以给二姐帮把手。在婴儿不哭的时候，二姐摸着婴儿的小脸蛋逗婴儿说，你这个小闺女儿，不该我看你呀！你有奶奶，怎么该姥姥看你呢？见外孙女被逗得咧着小嘴笑，二姐心里充满喜悦。

其实，二姐的身体并不是很好。年轻时，二姐早早就入了党。二姐当过生产队的妇女队长，当过县里学习毛主席著作积极分子，是全公社有名的“铁姑娘”。在生产队里割麦，二姐总是冲在最前头。从河底往河岸上拉河泥，别的女劳力都是两个人拉一辆架子车，只有二姐是一个人拉一辆架子车。因用力太过，二姐身上落下的毛病不算少。在我看来，二姐就是要强，心劲儿足，勇于担责，富于自我牺牲精神。换句话说，二姐的精神力量大于她的身体力量，她身体能量的超常付出，靠的是精神力量的支撑。

我们姐弟五个，我和弟弟早就在城里安了家，大姐和妹妹也相继随家人到了城里。现在仍在农村种地的只有我二姐。近年来，我每年回老家到母亲坟前烧纸，都是先到二姐家，由二姐准备好纸、炮和祭品，我们再一块儿回到老家的院子里，把落满灰尘的屋子稍事打扫，到坟地烧纸。我和二姐聊起来，二姐说，她这一辈子哪儿都不去了，在农村挺好的。想当年，二姐满怀壮志，一心想离开农村，往社会上层走。如今迁徙之风风起云涌，人们纷纷往城里走，二姐反倒塌下心来，只与农村、土地和庄稼为伍。二姐习惯关注国内外的大事，她注意到，现在世界上很多国家缺粮食，粮食还是最宝贵的东西。二姐说，等今年的新小麦收下来，她不打算卖了，晒干后都储存起来，万一遇到灾荒年，让我们都到她家去吃。二姐的说法让人眼湿。

今年临近麦收，二姐病了一场，在县医院打了十多天吊瓶，病情才有所缓解。岁月不饶人，二姐毕竟是年逾花甲的人了，已经不起过度劳累。我劝二姐，人的身体力量和精神力量都是有限的，凡事须量力而行，以自己的身体为重。

2011年6月20日于北京和平里

妹 妹

我妹妹不识字，她一天学都没上过。

我们姐弟六个，活下来五个。大姐、二姐各上过三年学。我上过九年学。弟弟上了大学。只有我妹妹从未踩过学校的门口。

不管是男孩子，还是女孩子，我们姐弟都很喜欢读书。比如我二姐，她比我大两岁。因村里办学晚了，二姐与我在同一个班，同一个年级。二姐学习成绩很好，在班里数一数二。1960 年夏天，我父亲病逝后，母亲就不让二姐再上学了。那天正吃午饭，二姐一听说不让她上学，连饭也不吃了，放下饭碗就要到学校里去。母亲抓住她，不让她去。她使劲往外挣脱。母亲就打她。二姐不服，哭的声音很大，还躺在地上打滚儿。母亲的火气上来了，抓过一把笤帚疙瘩，打二姐打得更厉害。与我家同住在一个院的堂婶儿看不过去，说哪有这样打孩子的，要母亲别打了。母亲这才说了她的难处，母亲说，几个孩子嘴都顾不住，能挣个活命钱就不错了，哪能都上学呢！母亲也哭了。见母亲一哭，二姐没有再坚持去上学，她又哭了一会儿，爬起来到地里去薅草。从那天起，二姐就失学了。

我很庆幸，母亲没有说不让我继续上学。

妹妹比我小三岁。在二姐失学的时候，妹妹也到了上学的年龄。母亲没有让我妹妹去上学，妹妹自己好像也没提出过上学的要求。我们全家似乎都把妹妹该上学的事忘记了。妹妹当时的任务是看管我们的小弟弟。小弟弟有残疾，是个罗锅腰。我嫌他太难看，放学后或星期天，从不愿意带他玩。他特别希望跟我这个当哥哥的出去玩，我不带他，他就大哭。他哭我也不管，只管甩下他，跑走了。他只会在地上爬，不会站起来走，反正他追不上我。一跑到院子门口，我就躲到墙角后面观察他，等他觉得没希望了，哭得不那么厉害了，我才悄悄溜走。平日里，都是我妹妹带他玩。妹妹让小弟弟搂紧她的脖子，她双手托着小弟弟的两条腿，把小弟弟背到这家，背到那家。她用泥巴给小弟弟捏小黄狗，用高粱篾子给小弟弟编花喜鹊，还把小弟弟的头发朝上扎起来，再绑上一朵石榴花。有时她还背着小弟弟到田野里去，走得很远，带小弟弟去看满坡地的麦子。妹妹从来不嫌弃小弟弟长得难看，谁要是指出小弟弟是个罗锅腰，妹妹就跟人家生气。

妹妹还会捉鱼。她用竹篮子在水塘里捉些小鱼儿，炒熟了给小弟弟吃。那时我们家吃不起油，妹妹炒鱼时只能放一点儿盐。我闻到炒熟的小鱼儿很香，也想吃。我骗小弟弟，说替他拿着小鱼儿，他吃一个，我就给他发一个。结果有一半小鱼儿跑到我肚子里去了，小弟弟再伸手跟我要，就没有了。小弟弟突然病死后，我想起了这件事，觉得非常痛心，非常对不起小弟弟。于是我狠狠地哭，哭得浑身抽搐，四肢麻木，几乎昏死过去。母亲赶紧找来一位老先生，让人家给我扎了几针，放出几滴血，我才缓过来了。

我妹妹下面还有一个弟弟，是我们的二弟弟。二弟弟到了上学年龄，母亲按时让他上学去了。这时候，母亲仍没有让妹妹去上学。妹妹没有跟二弟弟攀比，似乎也没有什么怨言，每天照样下地薅草，拾柴，放羊。大姐、二姐都在生产队里干活儿，挣工分。妹妹还小，队里不让她挣工分，她只能给家里干些放羊拾柴的小活儿。我们家做饭烧的柴草，多半是妹妹拾来的。妹妹一天接一天地把小羊放大了，母亲把羊牵到集上卖掉，换来的钱一半给我和二弟弟交了学费，另一半买了一头小猪娃。这些情况我当时并不完全知道。妹妹每天下地，我每天上学，我们很少在一起。中午我回家吃饭，往往看见妹妹背着一大筐青草从地里回来。我们家养猪很少喂粮食，都是给猪喂青草。妹妹每天至少要给猪薅两大筐青草，才能把猪喂饱。妹妹的脸晒得通红，头发辫子毛茸茸的，汗水浸湿了打着补丁的衣衫。我对妹妹不是很关心，看见她跟没看见她差不多，很少跟她说话。妹妹每天薅草，喂猪，我当时没觉得有什么不正常。至于家里让谁上学，不让谁上学，那是母亲的事，不是我的事。

妹妹是很聪明的，学东西很快，记性也好。我们村有一个老奶奶，会唱不少小曲儿。下雨天或下雪天，妹妹到老奶奶家去听小曲儿，听几遍就把小曲儿学会了。妹妹唱得声音颤颤的，虽说有点儿胆怯，却比老奶奶唱得还要好听许多。我们在学校里唱的歌，妹妹也会唱。我想定是我们在教室里学唱歌时，被妹妹听到了。我们的教室是土坯房，房四周裂着不少缝子，一唱歌传出很远。妹妹也许正在教室后面的坑边薅草，她一听唱歌就被吸引住了。妹妹不是学生，没有资格进教室，她就跟着墙缝子里冒出来的歌声学。不然的话，妹妹不会那么快就把我们刚学会的歌也学会了。我敢说，妹妹要是上学的话，肯定是一个好学生，学习成绩一定很好，在班里不能拿第一名，也能拿第二名。可惜得很，妹妹一直没得到上学的机会。

我考上镇里的中学后，就开始住校，每星期只回家一次。我星期六下午回家，星期天下午按时返校。我回家一般也不干活儿，主要目的是回家拿吃的。母亲为我准备了够一星期吃的红薯和红薯片子磨成的面，我带上就走了。秋季的一个星期天，我又该往学校背面了，可家里一点儿面也没有了。夏季分的粮食吃完了，秋季的庄稼还没完全成熟，怎么办呢？我还要到学校上晚自习，就怏怏不乐地走了。我头天晚上没吃饭，第二天早上也没吃东西，饿着肚子坚持上课。那天下着小雨，秋风吹得窗外的杨树叶子哗哗响，我身上一阵阵发冷。上完第二节课，课间休息时，同学们都出去了，我一个人在教室里待着。有个同学告诉我有人找我。我出去一看，是妹妹来了。她靠在一棵树后，很胆怯的样子。妹妹的衣服被雨淋湿了，打缕的头发沾在她的额头上。她从怀里掏出一个黑毛巾包递给我。我认出这是母亲天天戴的头巾。里面包的是几块红薯，红薯还热乎着，冒着微微的白汽。妹妹说，这是母亲从自留地里扒的，红薯还没长开个儿，扒了好几棵才这么多。我饿急了，拿过红薯就吃，噎得我胸口直疼。事后知道，妹妹冒着雨在外面整整等了我一个课时。她以前从未来过我们学校，见很大的校园里绿树成荫，鸦雀无声，一排排教室里正在上课，就躲在一棵树后，不敢问，也不敢走动。她又怕我饿得受不住，急得都快哭了。直到下课，有同学问她，她才说是找我。

后来我到外地参加工作后，给大姐、二姐都写过信，就是没给妹妹写过信。妹妹不识字，给她写信她也不会看。这时我才想到，妹妹也该上学的，哪怕像两个姐姐那样，只上几年学也好呀。妹妹出嫁后，有一次回家问我母亲，她小时候为什么不让她上学。妹妹一定是遇到了不识字的难处，才向母亲问这个话。母亲把这话告诉我了，意思是埋怨妹妹不该翻旧账。我听后，一下子觉得十分伤感。我觉得这不是母亲的责任，是我这个长子长兄的责任。母亲一心供我上学，就没能力供妹妹上学了。实际上是我剥夺了妹妹上学的权利，或者说是妹妹为我做出了牺牲。牺牲的结果，我妹妹一辈子都是一个睁眼瞎啊！

在单位，一听说为“希望工程”捐款，我就争取多捐。因为我想起了我妹妹，想到还有不少女孩子像我妹妹小时候一样，因家庭困难而上不起学。有一年春天，我到陕西一家贫困矿工家里采访。这家有一个正上小学六年级的女孩子，还是班长和少先队的大队长。我刚跟女孩子的母亲说了几句话，女孩子就扭过脸去哭起来。女孩子的父亲因意外事故死去了，家里为她交不起学费，女孩子正面临失学的危险。女孩子最害怕的就是不让她继续上学。这种情况让我马上想到了我二姐，还有我妹妹。我的眼泪哗哗地流，哽咽得说不成话，采访也进行不下去。我掏出一点儿钱，给女孩子的母亲，让她给女孩子交学费，千万别让女孩子失学。

我想过，给“希望工程”捐款也好，替别的女孩子交学费也好，都不能给我妹妹弥补什么。可是，我有什么办法呢？

那双翻毛皮鞋

母亲到矿区帮我们看孩子，老家只有我弟弟一个人在家。弟弟当时正在镇上的中学读高中，吃在学校，住在学校，每星期直到星期天才回家一次。以前弟弟回家时，都是母亲给他做饭吃。母亲不在家，弟弟只好自己生火烧锅，自己做饭。那是1975年，母亲秋天到矿区，直到第二年麦收之后才回。也就是说，连当年的春节，都是弟弟一个人度过的。过春节讲究红火热闹，阖家团圆。而那一年，我们家是冷清的，我弟弟的春节过得是孤苦的。这一点是我后来才想到的。当时，我并没有多想弟弟一个人的春节该怎么过，好像把远在家乡的弟弟忘记了。

弟弟也是母亲的儿子，母亲对儿子肯定是牵挂的。可是，母亲并没有把牵挂挂在嘴上，过春节期间，我没听见母亲念叨我弟弟，她对我弟弟的牵挂是默默的牵挂。直到临回老家的前一天，母亲才对我提出，要把我的一双翻毛皮鞋捎回家给我弟弟穿一穿。母亲出来七八个月，她要回家了，我这个当哥哥的，应该给弟弟买一点儿什么东西捎回去。我父亲下世早，弟弟几乎没得到过什么父爱，我应该给弟弟一些关爱。然而我连一分钱的东西都没想起过给弟弟买。在这种情况下，我母亲提出把我的翻毛皮鞋捎给弟弟穿穿，我当然也没有任何理由不同意。那是矿上发的劳动保护用品，看上去笨重得很，我只在天寒地冻的时候才穿，天一暖就不穿了。我从床下找出那双落满灰尘、皮子已经老化得发硬的皮鞋，交给了母亲。

我弟弟学习成绩很好，是他所在班的班长。我后来还听说，那个班至少有两个女同学爱着我弟弟。弟弟的同学大概都知道，他们班长的哥哥在外边当煤矿工人，是挣工资的人。因我没给弟弟买过什么东西，他的穿戴与别的同学没什么区别，一点儿都不显优越。母亲把翻毛皮鞋捎回去擦好了，弟弟穿上皮鞋在校园里一走，一定会给弟弟提不少精神。弟弟的同学也会注意到弟弟脚上的皮鞋，他们对弟弟的羡慕可想而知。

让我一辈子都不能原谅自己的是，这年秋天，一位老乡回家探亲前找到我，问我有没有什么事托给他，我想了想，让他把我的翻毛皮鞋捎回来。话一出口，我就觉得不妥，母亲既然把皮鞋带给了弟弟，我怎么能再要回来呢！当然，我至少可以找出两种理由为自己开脱，比如：因我小时候在老家被冻烂过脚后跟，以后每年冬天脚后跟都会被冻烂。我当上工人后，拿我的劳保用品深筒胶靴与别的工种的工友换了同是劳保用品的翻毛皮鞋，并穿上妻子给我织的厚厚的毛线袜子，脚后跟才没有再冻烂过。再比如：那时我们夫妻俩的工资加起来还不到七十元，都是这月望着下月的工资过生活，根本没有能力省出钱来去买一双新的翻毛皮鞋。尽管如此，我还是有些后悔，一双旧皮鞋都舍不得留给弟弟，是不是太过分了，这哪是一个当哥哥的应有的道理！我心里悄悄想，也许母亲会生气，拒绝把皮鞋捎回来。也许弟弟已经把皮鞋穿坏了，使皮鞋失去了往回捎的价值。老乡回老家后，我不但不希望老乡把皮鞋捎回来，倒希望他最好空手而归。

十几天后，老乡从老家回来了，他把那双刷得干干净净的翻毛皮鞋捎了回来。接过皮鞋，我心里一沉，没敢多问什么，就把皮鞋收了起来。从那以后，那双翻毛皮鞋我再也没穿过。

我兄弟姐妹六人，最小的弟弟七岁病死，还有五人。在我年少和年轻的时候，朦胧觉得孩子是父母的孩子，只有父母才对孩子负有责任，而兄弟姐妹之间是没有的，谁都不用管谁。随着年龄的增长，我才认识到，一娘同胞的兄弟姐妹，因血脉相连，亲情相连，彼此之间也是负有责任的，应当互相关心、互相照顾才是。回过头来看，在翻毛皮鞋的事情上，我对弟弟是愧悔的。时间愈久，愧悔愈重。时过境迁，现在大家都不穿翻毛皮鞋了。就算我现在给弟弟买上一千双翻毛皮鞋，也弥补不了我的愧悔之情。我应该对弟弟说出我的愧悔。作为长兄，因碍着面子，我迟迟没有说出口。那么，我对母亲说出来，请求母亲的原谅总可以吧。可是，还没等我把愧悔的话说出来，母亲就下世了。每念及此，我眼里就含满了眼泪。有时半夜醒来，我突然想起那双翻毛皮鞋的事，就难受得好一会儿无法入睡。现在我把我的愧悔对天下人说出来了，心里才稍稍觉得好受一点儿。

2010 年 9 月 3 日于北京

脚的尊严

母亲睡觉时不脱袜子，冬天不脱，夏天也不脱。冬天睡觉不脱袜子，脚上会暖和些，这倒可以理解。夏天睡觉也不脱袜子，就有些说不过去。大夏天的，脚上套着一双袜子，一套就是一夜，多热呀！我以为母亲临睡前忘了脱袜子，对她说，睡觉时最好把袜子脱掉。母亲说了一句不碍事，再睡觉还是穿着袜子。

妻子也注意到了这个细节，她从医学的角度劝母亲，说人睡觉时全部身心应彻底放松，如果脚上箍着一双袜子，就会影响整个身体的血液循环和血脉畅通，对健康不利。妻子提到母亲一年前得的一场大病，从病的性质来看，说不定跟睡觉不脱袜子有点儿关系。妻子把事情说得这样严重，说服力如此之强，我想母亲也许会受到震动，把袜子从脚上扯下来。然而，母亲只轻轻笑了一下，说没事儿的，多少年了，她已经习惯了。

是的，回想起来，三十多年前，母亲去矿区为我们看孩子时，就一年到头不脱袜子。把胖胖的娃娃抱上一天，母亲有时会累得小腿发肿。晚上临睡前，母亲会自己烧点儿水，到小屋里泡泡脚。泡完脚，母亲光着脚上床休息就是了。可她把脚擦了擦，又把袜子穿上了。那时，我对母亲的这个习惯一点儿都不关注，就算偶尔看到了，也没往心里去。当父母的，对孩子的一切总是很注意，一点一滴都看在眼里，记在心里；而当孩子的，对父母亲的日常生活总是粗枝大叶，不大留意。直到父母日渐衰老，差不多变成需要我们给予照顾的弱者，我们对他们的习惯才关注起来，并试图改变他们的习惯。我也是这样，当注意到母亲这个习惯时，我和妻子的看法一致，认为母亲的这个习惯不是什么好习惯。

妻子悄悄问我，老太太为什么非要坚持穿着袜子睡觉呢？这个问题我没想过。既然妻子当成一个问题提了出来，我得想一想。我一想就想起来了，母亲可能认为她的脚不好看，愿意用袜子把自己的脚遮盖起来。想到这一点，我几乎把这个答案当成了定论，对妻子作了解释。妻子将信将疑，说不至于吧。

母亲小时候裹过脚，但没有裹成当时所要求的标准小脚，只裹了一半就不裹了。如果说裹脚也是一个工程的话，母亲的脚裹得顶多算是半拉子工程。人们所说的“解放脚”，指的就是像我母亲这样不大不小的脚。母亲跟大姐、二姐讲过她从小裹脚的经历，我也听到了。她刚四岁多一点儿，姥娘就开始为她裹脚。裹脚的办法，是将她还在发育的脚丫折叠起来，把除大脚趾以外的另四根脚趾弯到脚板下面，用生白布做成的长长的裹脚布死死缠住。小小年纪，正是她满地跑着玩的时候。姥娘抓住她，一把她的脚裹上，她就如同一只折断了翅膀的小鸟儿，跑不成了。母亲害怕裹脚，对裹脚一百个不愿意，一万个反对。母亲表达反对的办法，是一看见姥爷，就在姥爷面前狠狠地哭，哭得昏天黑地。姥爷当时在开封城里当厨师，思想比较开明一些，加上母亲是他最小的女儿，小女儿哭得让他实在有些受不了，他就对姥娘说，算了算了，孩子实在不想裹，就给她放开吧。就这样，母亲的脚没有再继续裹下去，是姥爷的干预，使母亲的脚获得了解放。尽管如此，母亲的脚还是稍稍有些变形，不是原生态，不是天足的样子。

不是任何文化都好，我国以往的文化里，的确有糟粕在。如横行了很久的缠足文化，就是一种糟糕得不能再糟糕的文化。这样的文化何止糟糕，它简直就是变态、畸形、丑陋，让人深恶痛绝。我真是不明白，我们这样一个优秀的民族，怎么会滋生出这样一种在全世界都丢丑的文化呢！这样的文化不知伤害了多少个包括我母亲在内的女性啊！

父亲去世时，我母亲才三十多岁。生产队为了照顾我家，为了让母亲多挣工分，就让母亲跟男劳力一块儿干活。我见过母亲赶大车：一个男劳力在车前使牲口，母亲在后面为大车掌舵。装满土粪的大车需要拐弯时，母亲奋力磨动车把，就把大车调准了方向。我还见过母亲耙地：母亲驾驭着一匹马和一头骡子，左手牵着撇绳，右手举着鞭子，两脚分开，站在木梯一样的耙床上，驱动牲口前行。地里满是土坷垃，耙床起起伏伏，站在耙床上，像踏浪一样，对人的平衡能力有极高的要求。有的男劳力因脚下站不稳，掌握不好平衡，都有可能从耙床上掉下来。可我看见母亲在耙床上站得稳稳当当，耙了一圈又一圈，把地耙得像面一样细。亏得母亲没有把脚裹成小脚，倘是把脚裹得像我们村的一些老太太的脚一样，走路脚后跟一捣一捣，连走都走不稳，怎么能养活她的几个年幼的孩子呢！

我给母亲剪过手指甲。母亲七十多岁之后，手指甲变得很脆，指甲剪刚剪住指甲，指甲一下就崩飞了，飞得找都找不到。我从没有给母亲剪过脚指甲，母亲坚持自己剪，不让我给她剪。给母亲洗脚更谈不上。我没有问过大姐、二姐和妹妹，不知她们给母亲洗过脚没有。我只知道，在母亲病重期间，妻子的确为母亲洗过一次脚。定是经过妻子对母亲反复劝说，聪慧的母亲为了配合儿媳，完成儿媳的一个心愿，才一改往日的习惯，同意妻子为她洗脚。

最难忘的一个细节，发生在母亲弥留之际。眼看母亲呼吸渐弱，我们赶紧为母亲换上事先预备好的寿衣，给母亲穿上新袜子和新的绣花鞋。门外大雪纷飞，我们无可奈何地守护着母亲。这时，母亲的一只脚动了一下，又动了一下。我们一齐向母亲脚上看去，原来有一只鞋没穿好，从母亲的右脚上脱落下来。在即将远行的情况下，我惊异于母亲还能意识到自己的脚，还能感觉到有一只鞋没有穿好。我们辛劳了一生的母亲，此时已不能说话，但母亲动脚的意思再清楚不过，是提醒我们把鞋给她穿好。

大姐赶紧把绣花鞋套在母亲脚上，对母亲说，娘，把鞋给您穿好了，您放心吧。

2014 年 6 月 1 日至 6 日于北京和平里

怎不让人心疼

有些事情让我总也不能忘记，每每记起，似含有提醒和催促之意。提醒，是要人们把该记的事情用笔记下来；催促，是说欠着的东西不可久拖不还。我意识到了，有一件事情我必须马上以文字的形式记述下来，以缓解隐隐的心头之痛。也许在有的人看来，这件事情是小事一桩，不值得一提。我可不这么认为，不能忘怀的事情自有它深重的道理在。

时间是 1981 年初冬，我们的儿子出生一个多月，妻子产假即将结束，要去上班，只得请母亲从河南老家到北京来帮我们看孩子。在开封工作的弟弟给母亲买了火车票，送母亲在郑州登车。弟弟提前到邮局给我发了电报，报明车次和到站时间，让我到北京站接母亲。岔子出在那天是个星期天，弟弟又把电报发到了我所供职的报社。等星期一我看到电报，早上八点半都过了。我叫了一声不好，顿时急出了一身汗。须知母亲乘坐的火车早上六点多就到了北京，已下车出站两个多小时了。母亲以前从没有到过北京，老人家不识字，不知道我家的地址，她只能在车站等我。不难想象，母亲在车站等了一个多小时，又等了一个多小时，迟迟不见她的儿子出现，不知有多么焦急呢！我放下一切事情，马上坐公交车往车站赶。

我们报社在地坛公园附近，离火车站比较远，坐车从报社赶到车站，至少还需要半个小时。我第一次嫌行车速度太慢，第一次体会到心急如焚是什么滋味。平日里我做事比较从容，可那一次，我无论如何都管不住自己的心急。我两眼盯着汽车前方，恨不能让自己乘坐的汽车变成飞机，把所有的汽车和行人都超越过去。我恨不能自己扎上翅膀，一下子飞到车站去。

终于到了车站，我一步跳下汽车，一路向站前广场跑去。广场上人山人海，只有一个人是我母亲，母亲好像被人海淹没了，我到哪里找我的母亲呢？广场上的人流向不同方向快速流动，像是形成了巨大的旋涡，我不管往哪里走，都如同顶着逆流。我逆流而上，先来到出站口，看看母亲是否还在那里等我。我看遍了等在出站口的人，没有，没有我母亲。广场不是我们村，要是在我们村，我放开喉咙，大声喊几声娘，母亲就会听得到。可车站广场不适合大声喊叫，就算喊了，广场上人声嘈杂，母亲也不一定听得到。那时候要是有手机就好了，我会给母亲买一个手机，不管母亲走到哪里，我随时随地都可以跟母亲通话，及时找到母亲。可惜那时还没有手机，我只能盲目地找来找去。我相信母亲没有离开车站，一定还在车站等我接她回家。母亲不光是焦急，说不定还会恐惧。北京太大，车站里人太多，她的儿子在哪里呢？

看到了，我看到母亲了，母亲背着东西，正走在摩肩接踵的人群里。我叫了一声娘，赶快走到母亲身边，接过母亲背着的东西。母亲说，老也看不见我接她，她都想回去了。母亲不是赶一趟集，想回去不是那么容易。母亲显然是生气了，在说气话。我赶紧向母亲解释了没能及时接她的原因，说，好了，咱们回家吧。母亲带的东西有些沉，我问母亲带的什么东西，母亲说，提包里是她给孙子带的新棉花和她新织的布，口袋里是新打下来的黄豆。黄豆至少有十几斤，我说母亲带的黄豆太多了，路上多沉哪！母亲说，这些黄豆是她一颗一颗挑出来的，可以生豆芽吃。

这就是说，母亲不是空着手在车站广场上走，而是背负着沉重的行李在广场上走，那么急匆匆地，来来回回走了三个多小时。母亲累坏了，我把母亲领上公交车，母亲的腿抖得站立不稳，一下子蹲坐在车门口脚踏板上方的台阶上。

这一幕留在了我的脑海里，永远留在了我的脑海里。二十多年之后，母亲离开了我们。母亲去世后，这一幕不但没有模糊，反而越来越清晰。有一回，我梦见母亲正向我走来，母亲身上背的正是棉花、棉布和黄豆。醒来后，我再也睡不着，满脑子再现的都是负重的母亲在茫茫人海中走来走去的情景。这个情景几乎成了一种象征，它象征着每位母亲都在寻找自己外出走远的儿子。

在儿子出现之前，谁都不知道她的儿子是谁。

母亲不在了，火车站还在。有一次我去北京站接客人，自然而然想起了母亲。我想到，那次母亲着急受累，其实我是没有责任的。只想到一点点，我就自责地否定了自己的想法。有些事情是不分责任的，不是用责任所能衡量的。心疼是心的问题，不是责任问题。

2014 年 2 月 4 日至 6 日于北京和平里

母 亲 和 树

2004 年清明节，母亲去世一周年之际，我和弟弟为母亲立了一块碑。碑是弟弟在古城开封定制的。开封有着悠久的勒碑传统，石碑勒制得很是讲究，一见就让我们生出一种庄严感，不由得想在碑前肃立。和石碑同时运回老家的，还有六棵树，四棵柏树，两棵松树。墓地里最适合栽种的树木就是四季常青的松柏。松柏是守卫墓碑的，也是衬托墓碑的，有松柏树起，墓碑就不再孤立，就互相构成了墓园的景观。

栽树时，我们兄弟姐妹五人都参加了，有的刨坑，有的封土，有的浇水，把栽树当成了一种仪式，都在用心见证那一时刻。我们对树的成活率没有任何怀疑，因为我们那里的土地非常肥沃，如人们所说，哪怕是在地里埋下一根木棒，都有望长出一棵树来。何况弟弟从开封运回的都是生机勃勃的树苗，每棵树的根部都用蒲包裹着一包原土。我们开始憧憬，若干年后，当松柏的树冠如盖时，松是苍松，柏是翠柏，那将是一派多么让人欣慰的景象。

我们还设想，等松柏成了气候，人们远远地就能看到松柏，当是对母亲很好的纪念，绿色的纪念。

在我少年的记忆里，我们村二老太爷家的坟茔就是一个柏树园子。园子里的柏树有几十棵，每一棵岁数都超过了百岁。远看柏树园子黑苍苍的，那非凡的阵势让少小的我们几乎不敢走近。到了春天，飞来不少鹭鸶在柏树上搭窝，孵育小鹭鸶。那洁白的鹭鸶在树顶翻飞，如同一朵朵硕大无朋的白莲在迎风开放，甚是好看！可惜在 1958 年“大炼钢铁”时，那些柏树被青年突击队员们一夜之间全部伐倒，并送进小铁炉里烧掉了。从那以后，直到我们在母亲墓碑周围栽松柏之前，四十多年间，村里再也无人栽过松柏树。乡亲们除了栽种一些能收获果品的果树，就是栽一些能很快卖钱的速成树。因松柏树生长周期长，短时间内很难得到经济效益，人们就把松柏树放弃了。我们反其道而行之，把松柏树重新栽回到家乡那块土地上，所取的不是什么经济效益，看重的是松柏的品质及为世人所推崇的精神价值。我们不敢奢望墓园里的松柏能形成柏树园子那么大的规模，也不敢奢望有限的几棵松柏能长成像柏树园子那样呼风唤雨的阵势，只期望六棵松柏树能顺利成长就行了。

让人意想不到的是，栽好松柏树，我回到北京不久，妹妹就给我打电话，说有一棵柏树因靠近别人家的麦地，人家往麦地里打除草剂时，喷雾飘到柏树上，柏树就死了。我一听，心里顿时有些沮丧。我听人说过，除草剂是很厉害的。地里长了草，人们不再像过去一样用锄头锄，只需用除草剂一喷，各种野草便统统死掉。柏树虽然抗得住冰雪严寒，但是哪里经得起除草剂的伤害！我有什么办法？我对妹妹说：“死就死了吧，死掉一棵，不是还有五棵嘛！”

更严重的情况还在后头。现在收麦都是使用联合收割机，机器收麦留下的麦茬比较深，机器打碎的麦秸也泄在地里。收过麦子，人们要接着种玉米，就放一把火，烧掉麦茬和麦秸。据说火烧得很大，很普遍，夜间几乎映红了天际。就在我们种下松柏树的当年麦季，烧麦茬和麦秸的火焰席卷而来，松柏又被烧死三棵，只剩下一棵柏树和一棵塔松。秋天我回老家看到，那棵幸存的柏树的树干还被收麦的机器碰掉了一块皮，露出白色的木质。小时候我们的手指若受了伤，习惯在伤口处撒点儿细土止血。我给柏树的伤口处揉了些黄土，祝愿它的伤口能早日愈合，并希望它别再受到伤害。

我母亲生前很喜欢栽树，也很善待树。我家院子里的椿树、桐树等树木，都是母亲栽的。看见哪里生出一棵树芽，母亲赶紧找一个瓦片把树芽盖起来，以防快嘴的鸡把树芽啄掉。母亲给新栽的桐树绑上一圈刺棵子，以免猪拱羊啃。每年的腊八，我们喝腊八粥的同时，母亲也会让我们给石榴树的枝条上抹些粥。母亲的意思是说，石榴树也有感知能力，人给石榴树吃了粥，它会结更多的石榴。我们在母亲的长眠之处栽了松柏，母亲的在天之灵肯定是喜欢的。母亲日日夜夜都守护着那些树，一会儿都不愿离开。在我的想象里，夜深人静时，母亲会悄悄起身，把每棵树都抚摸一遍，一再赞叹："多好啊，多好啊！"母亲跟我们一样，也盼着松柏一天天长大。然而，化学制剂来了，隆隆的机器来了，熊熊的烈火来了，就在母亲旁边，那些树眼睁睁地被毁掉了。母亲着急，母亲心疼，可母亲已经失去了保护树的能力，母亲很无奈啊！

按理说，我和弟弟还有能力保护那些树。只是我们早就离开了家乡，在城里安了家，只在每年的清明节和农历十月初一才回去一两次，不可能天天照看那些树。我想，就算我们天天在老家守着，有些东西来了，我们也挡不住。也就是说，我们只有栽树的能力，却没有保卫树的能力。好在六七年过去了，剩下的那棵松树和那棵柏树没有再受到伤害。塔松一年比一年高，已初具塔的形状。柏树似乎长得更快一些，树干有茶杯口那么粗，高度超过了石碑楼子，树冠也比张开的伞面子大得多。有风吹过，柏树只啸了一声，没有动摇。

在母亲去世八周年之际的清明节，弟弟又从开封拉回了四棵树，两棵松树，两棵金边柏。以前栽的树死掉了四棵，如今又拉回四棵，弟弟的意思是把缺失的树补栽一下。说起来，在母亲去世前，我们的祖坟地并没有在我们家的责任田里，母亲名下的一亩二分责任田在另一块地里。母亲逝世时，为了不触及别人家的利益，我们就与人家协商，把母亲名下的责任田交换过来，并托给一个堂哥代种。也就是说，我们在坟地里立碑也好，栽树也好，和村里别的人家的田地没有任何关涉，别人不会提出任何异议。

让人痛心和难以接受的是，2012年麦季烧麦茬和麦秸的大火，不仅把我们新栽的四棵松柏烧死了三棵，竟连那棵已经长成的柏树也烧死了。秋后我回老家给母亲烧纸时到墓园里看过，那棵柏树浑身上下烧得乌黑乌黑，只剩下树干和一些树枝。我给柏树照了一张相，算是为它短暂的生命立了一个存照。

我有一个堂弟在镇里当干部，他随我到墓园里去了。我跟堂弟交代说：这棵被烧死的柏树，你们谁都不要动它，既不要刨掉它，也不要锯掉它，就让它立在那里，能立多久立多久！

2013年2月18日至20日于北京和平里

后　记

我在第九次作家代表大会的会场，看见老朋友王剑冰，互相打招呼问好之后，剑冰问我，写的有关乡愁的散文够不够编一本书？我说，应该够。他说，那好，大象出版社委托他主编一套以乡愁为主题的散文丛书，他正好借开会的机会，向作家们组稿。他要我尽快把稿子集中起来，发给他，到时出版社的编辑也会和我联系，给我寄合同，书最快在年后即可出版。我答应散会后马上办这件事。就这样，我们只用了一两分钟的时间，甚至连坐都没坐，就把这个事情敲定了。随后，剑冰又给我发了一条短信，就书的字数、图片、后记等，提出了一些具体的要求。

我写小说多一些，迄今已写了九部长篇小说，三百多篇短篇小说，三十多部中篇小说，写散文相对少一些。虽然写散文较少，但我每年都写，一年写三五篇或七八篇。上海《文汇报》"笔会"副刊的首席编辑潘向黎，一直向我约稿，希望我每年都给她写散文。二十多年来，我一年不落，每年都会在“笔会”上发几篇散文。编辑的约稿有时也是写稿的一种动力，可以帮助作者克服懒惰情绪，使其写得勤奋一些。但我决不会因为发稿比较容易，就萝卜快了不洗泥，无话找话，去写那些说教的东西和所谓小清新的玩意儿。编辑的催促是一个方面，我写散文的主要动力还是来自内心，听从的是内心的呼唤。往往是，想起某件事情，那件事情在我心底洇染开来，以至于越洇越大，不写出来就不能释怀，我才不得不把它付诸文字，写成散文。

在我所有的散文作品中，关乎乡愁的散文占有相当大的比重。只有离开故乡的人，才会有故乡。我是生于故乡，长于故乡，虽说19岁那年就离开了故乡，但故乡的河流、田陌、春天的柳笛、秋天飘飞的芦花、冬季压倒一切的大雪等，仍在我记忆的血管里流淌。只要我调动起记忆，诸如端灯、推磨、钓鱼、摘枣儿等无数细节纷至沓来，让我心热眼湿，欲罢不能。原来故乡是我的根哪，不管我走到哪里，我的根还留在故乡，后来的枝枝丫丫都是从根部生发出来的。好比我所处的环境可以变来变去，可人当不了梦的家，我的梦境是不可改变的。我的大多数梦境还是我的老家。

亲情散文我也写了不少，除了写过祖父、父亲、母亲，我还写过大姐、二姐、妹妹和两个弟弟。回头来看，我写亲人的篇章，除了表达骨肉之情，大都还含有忏悔之意。忏悔是一种文化，一种精神，也是一种宗教情怀。我们每个人的一生，都难免做错事，都有需要忏悔的地方。西方人的做法，是到教堂里去，俯首在神父面前表示忏悔。我们没有那样的传统，也没有那样的信仰，只能拿起笔来，作书面忏悔。这样的忏悔是公开的，更需要赤诚，也更需要勇气。

我以前也出过几本散文集，但都没有形成一个主题。形成一个主题并不容易，它起码得有一定作品数量的支持。幸好，有剑冰兄的邀约，我写的有关乡愁的作品也可以忝列“乡愁文丛”之中。等书出来，我可以送给亲人们看，也可以送给乡亲们看。

2017年1月5日于北京和平里